南粤镇兴

南方日报社★编

南方日报出版社
NANFANG DAILY PRESS

图书在版编目（CIP）数据

南粤镇兴 / 南方日报社编. -- 广州：南方日报出版社，2018.6
ISBN 978-7-5491-1820-5

Ⅰ. ①南… Ⅱ. ①南… Ⅲ. ①新闻报道－作品集－中国－当代 Ⅳ. ①I253

中国版本图书馆 CIP 数据核字（2018）第 129815 号

NANYUEZHENXING
南粤镇兴

编　　者：南方日报社
出版发行：南方日报出版社
地　　址：广州市广州大道中 289 号
出 版 人：周洪威
统　　筹：周山丹
责任编辑：李佳航
装帧设计：邓晓童
责任技编：王　兰
责任校对：阮昌汉
经　　销：全国新华书店
印　　刷：广东信源彩色印务有限公司
开　　本：787mm×1092mm　1/16
印　　张：15
字　　数：180 千字
版　　次：2018 年 6 月第 1 版
印　　次：2018 年 6 月第 1 次印刷
定　　价：48.00 元

投稿热线：（020）87373998-8503　读者热线：（020）87373998-8502
网址：http://www.nanfangdaily.com.cn/press　http://www.southcn.com/ebook

序

小镇不大　能量很大

21世纪以来，我国经济高速发展，城镇化进程加速。随着一线城市人口逐渐饱和，建设发展特色小镇成为新型城镇化的重要路径。近年来，党和国家高度重视推进特色小镇建设。习近平总书记曾指出，抓特色小镇、小城镇建设大有可为，对经济转型升级、新型城镇化建设，都具有重要意义。党的十九大报告指出，要以城市群为主体构建大中小城市和小城镇协调发展的城镇格局，加快农业转移人口市民化。

特色小镇的建设和发展已成为“十三五”期间经济社会发展的重要组成部分。我国《十三五规划纲要》提出，加快发展中小城市和特色镇，因地制宜发展特色鲜明、产城融合、充满魅力的小城镇。2016年出台的《国务院关于深入推进新型城镇化建设的若干意见》要求加快特色镇发展，因地制宜、突出特色、创新机制，充分发挥市场主体作用，推动小城镇发展与疏解大城市中心城区功能相结合、与特色产业发展相结合、与服务“三农”相结合，发展具有特色优势的休闲旅游、商贸物流、信息产业、先进制造、民俗文化传承、科技教育等魅力小镇。2017年7月，国家住房和城乡建设部、发改委、财政部联合发出通知要求，到2020年，要培育1000个特色小镇，引领带动全国小城镇建设，不断提高建设水平和发展质量。

我国新建设发展起来的一批特色小镇，大都具有产业“特而强”、功能“聚而合”、形态“小而美”、机制“新而活”的独特优势，成为实现创新创业者梦想、加快供给侧结构性改革、促进产业转型升级、培育经济新动能、建设服务型政府的新平台。

特色小镇建设是新型城镇化的路径之一，而且是一条富有活力和潜力的路径。特色小镇建设也是一种创新发展模式，是就地城镇化的成功架构。在城市和乡村之间建设特色小镇，能加快破解城乡二元结构，对解决发展不平衡不充分问题，促进区域协调发展、加快乡村振兴和全面建成小康社会，都具有重要意义。建设“产、城、人、文”四位一体的特色小镇，是适应当前经济社会发展的新形态，是创新、协调、绿色、开放、共享发展理念的生动实践。

小城镇，大能量；小城镇，大格局。虽然“小”字当头，小城镇的发展空间却不可小觑。预计到“十三五”末，随着1000个国家级特色小镇的开发，将带动2000个省市县特色小(城)镇开发，为新型城镇化注入强大动力。有专家预计，将有1亿至2亿农村人口通过特色小镇建设实现就地城镇化，并带动2亿到3亿小镇居民实现收入的大幅提升。

广东改革开放以来涌现出的一批特色专业镇，成为区域经济发展的重要支撑和动力。党的十八大以来，在创新驱动发展战略、供给侧结构性改革、振兴实体经济、生态文明建设等政策引领下，南粤各地贯彻落实新发展理念，大量专业镇进入到工业化、城镇化“双轮驱动”的发展阶段，城市面貌逐渐显现；在农业类专业镇及相关的产业集群密集区，美丽型乡村、文化型乡村特征逐渐凸显。新型城镇化已成为广东产业集群和乡镇转型升级的重要推动力。各地纷纷围绕产业链部署创新链、围绕创新链完善服务链、围绕服务链完善资金链，并强化政策链的统筹支撑，共同推动特色小镇创新创业生态圈的培育和生长。目前广东已认定两批30余个单位为广东省特色小镇，其中20个为国家级特色小镇，形成了具有广东特色的特色小镇群体和政策实践。

小镇之变，折射的是广东坚决贯彻落实党中央一系列决策部署，持续推动经济社会健康发展。值得期待的是，到2020年，全省将规划建设100个左右产业“特而强”、功能“聚而合”、形态“精而美”、机制“活而新”的省级特色小镇，将成为广东新的经济增长点。

中共广东省委机关报《南方日报》一直以来把基层作为新闻采写的根据地，积极挖掘广东各地小镇之“特”，反映小镇之“变”。2017年下半年推出的《南粤镇能量》系列报道和《南粤镇兴》特刊，展现广东各地各具特色的小镇发展故事，为广东镇域经济社会发展把脉。在上述报道基础上，为展示广东特色小镇建设的实践经验、发展成果和创新探索，南方报业传媒集团推出“我心目中的广东十大明星小镇”评选活动，并与广东省社科院联合主办、由广州市从化区承办了“乡村振兴与新型城镇化论坛（广州从化）”，探讨乡村振兴与新型城镇化的现实路径与方略，凝聚下一步加速发展的推动力。与会各位专家和嘉宾从理论和实践的视野，发表了真知灼见，共同为广东乡村振兴和新型城镇化建设出谋划策。现将相关报道和研讨成果收编成册，希望进一步带动全社会形成加快特色小镇建设氛围，推动广东新型城镇化向更高水平迈进。

相信特色小镇将成为南粤大地上一颗颗闪亮的明珠，在带动区域经济社会发展、绿化美化的同时，成为能承载人们“乡愁”的精神家园。

是为序。

姚燕永

（南方日报社社委）

2018年5月

目录

第一篇章　宏论

第二篇章　策论

第三篇章　典例

壹　游·文旅之镇

贰 特·产业之镇

叁 和·融合之镇

肆 创·新业态镇

第四篇章　他城问道

第五篇章　名家论道

第一篇章
宏论

广东20个小镇入选全国特色小镇

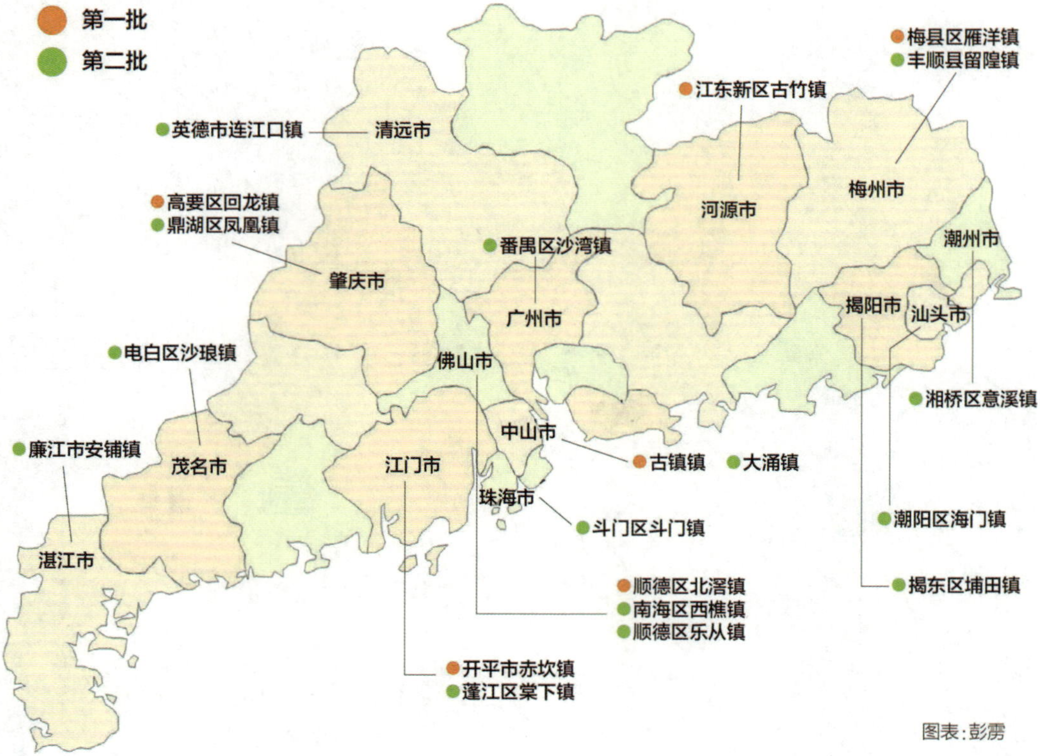

图表:彭雳

广东特色小镇成城镇化新引擎

2017年12月，国家发展改革委、国土资源部、环境保护部、住房城乡建设部发布《关于规范推进特色小镇和特色小城镇建设的若干意见》，其中要求各地区要准确理解特色小镇内涵特质，立足产业“特而强”、功能“聚而合”、形态“精而美”、机制“活而新”，推动创新性供给与个性化需求有效对接，打造创新创业发展平台和新型城镇化有效载体。

在已经公布的两批次全国特色小镇名单里，广东共有20个小镇榜上有名。有专家点评这20个小镇各有特色，小镇不大，能量很大。在新型城镇化探索中，通过特色小城镇推动区域城镇化，这种发展路径的背后，体现的是“望得见山，看得见水，记得住乡愁”的城镇化新理念，追求的是产城融合、可持续发展、人居环境好等多重发展目标。

20个全国特色小镇均有“特点”

早在2016年7月1日，住建部、发改委、财政部联合发文，决定在全国范围内开展特色小城镇培育工作，到2020年争取培育1000个左右各具特色、富有活力的集休闲旅游、商贸物流、现代制造、教育科技、传统文化、美丽宜居等功能于一体的特色小镇。同年10月11日，住建部公布了第一批中国特色小镇名单，共有127个小镇入选。其中，广东省有6镇入选，包括佛山市顺德区北滘镇、江门市开平市赤坎镇、肇庆市高要区回龙镇、梅州市梅县区雁洋镇、河源市江东新区古竹镇、中山市古镇镇。

名单公布后，广东省发改委有关负责人表示，广东将以特色主导产业和经典产业为重点，打造“9+n”特色小镇新形态，包括智能制造小镇、绿能科技小镇、海洋特色产业小镇、互联网+小镇、时尚小镇、工艺小镇、文化创意小镇、生命健康小镇、旅游休闲小镇。

据了解，广东已结合本地资源，确定入选6镇的发展方向，其中赤坎、回龙、雁洋镇均以旅游为主要发展方向；北滘、古镇、古竹镇在发展当地主打产业的同时，充分调动当地旅游资源，培育和发展旅游产业。

2017年7月27日，住建部发布第二批276个全国特色小镇公示名单，此次广东有14个镇入列，包括汕头市潮阳区海门镇、佛山市南海区西樵镇、广州市番禺区沙湾镇、佛山市顺德区乐从镇、珠海市斗门区斗门镇、江门市蓬江区棠下镇、梅州市丰顺县留隍镇、揭阳市揭东区埔田镇、中山市大涌镇、茂名市电白区沙琅镇、湛江市廉江市安铺镇、肇庆市鼎湖区凤凰镇、潮州市湘桥区意溪镇、清远市英德市连江口镇。

据观察发现，入选的小镇均有其特别的DNA。其中，有主打历史文化的，如番禺沙湾镇有着800多年历史，物质文化遗产和非物质文化遗产资源非常丰富；有主打特色产业的，如顺德乐从镇就被誉为“中国家具商贸之都”，不但拥有全国最大的家具市场，还拥有全国最大的钢铁市场、全国数一数二的塑胶原料市场，产业形态和商贸特色非常明显；也有主打休闲旅游的，如英德连江口镇，有着两千多年历史，名胜古迹多，旅游资源十分丰富。

“可以宜农则农，宜工则工，靠山吃山，靠水吃水。鼓励多样化探索、差异化发展，要有别于传统产业园区产业庞杂、工厂密集，不要‘千镇一面’或者盲目‘洋为中用’。”有关专家表示，除了产业特色，特色小镇的形态也要“特”。特色小镇既不同于行政建制镇，也与各类产业园区有明显区别，是一种生产、生活、生态、文化有机结合的创业创新社区。此外，功能也要有“特长”。特色小镇是以小空间实施大战略，融合产业、文化、旅游、生活等功能的重要发展平台。

把县级管理权限和事项下放到镇

“我们将会成立特色小镇创建指导专家委员会，加强特色小镇规划建设引导。”广东省住房和城乡建设厅有关负责人表示，广东并没有止步于特色小镇“上国榜”，而是正紧锣密鼓地按照住房城乡建设部和省政府的工作部署，提请省政府出台《广东省人民政府关于加快推进特色小（城）镇规划建设管理的实施意见》，组织编制《广东省特色小城镇创建指引》等配套文件，建立开放的评价创建体系，进一步完善广东特色小镇创建和培育工作体系。

据介绍，广东将优先选择城镇体系的重要空间节点，承接中心城功能强、辐射带动作用明显、有培育价值的特色小镇，配套针对性措施和政策，进行重点培育，实现小城镇大战略。“坚持规划先行、多规融合、一镇一规编制特色小镇专项规划，按照统一规划、合理布局、适度超前的原则，坚持绿色循环低碳的理念，规划建设交通、能源、供排水、供热、污水、垃圾处理等基础设施，加强干线公路与城市路网紧密衔接，提高公共交通线网密度和站点覆盖率，高起点建设特色小镇交通基础设施。”该负

● 位于韶关江尾镇的生态长廊，道路两旁集聚了大量的花卉培育温室（罗斌豪摄）

责人表示，同时还将合理配套文教、医疗、体育、商业等基本服务功能与生活活动空间，提升基本公共服务水平。

此外，广东还将整合多方资源参与特色小镇建设。比如，积极推动与中国农业发展银行广东省分行、国家开发银行广东省分行等国家政策性和开发性金融机构合作，协调解决项目融资问题；鼓励和支持资本实力雄厚、开发经验丰富、综合招商能力强、运营成效明显的企业，多方共同参与土地开发、招商引资和运营管理；支持探索“新乡贤”理事会机制，鼓励新乡贤理事会以第三方机构身份参与农村公共服务和公益事业建设，实现管理可控、资金可控和质量可控等。

广东省住建厅有关负责人还表示，下一步将推进特色小镇机制体制改革创新。“结合中央和省关于经济发达镇、特大镇和中心镇等有关政策，推动特色小镇实施简政放权、扩权强镇，将县级管理权限和事项下放到镇，增强镇的统筹管理能力，提升特色小镇管理水平。补足特色小镇基础设施、公共服务和社会管理短板。”该负责人说，也会学习浙江等省区先进经验，在土地优惠、税费返还、人才引进、项目审批、基础设施建设等方面创新扶持机制，加大特色小镇政策扶持力度。

据悉，广东特色小镇还肩负“美丽小镇”的任务，将广东乡土味道、民系文化、民俗风情与新业态经济有效融合，提升特色小镇活力和魅力。

【延伸】

2020年广东省将规划建设100个省级特色小镇

2017年6月，经广东省政府同意，省发展改革委、省科技厅、省住房和城乡建设厅联合印发的《关于加快特色小（城）镇建设的指导意见》提出，分类探索城镇发展新路径，按照特色小城镇和特色小镇两种形态，因地制宜、分类指导，加快建设一批符合广东特色的小（城）镇。其中，特色小镇以培育新兴产业为导向，着力完善产业链、提升价值链，重点打造创新创业发展平台。到2020年，全省将规划建设100个左右产业“特而强”、功能“聚而合”、形态“精而美”、机制“活而新”的省级特色小镇，成为广东省新的经济增长点。

省发改委有关负责人介绍，目前公布的36个省级特色小镇创建工作示范点名单，经过了创建单位自愿申报、地方政府审核推荐、专家咨询论证、省发展改革委实地考察复核等一套严格程序，从100多个候选名单中脱颖而出，基础工作比较扎实，条件较为成熟，产业特色鲜明，投资基本落实。

“此次公布的是创建工作示范点，各示范点要按创建工作要求，完善规划设计，落实建设条件，完成既定目标任务，经省直部门验收后报省政府认定，才能成为名副其实的省级特色小镇。”该负责人向记者解释。示范点要按照集产业链、创新链、服务链、人才链、资金链于一体的理念，培育新产业、新业态、新模式，立足资源禀赋、区位环境、历史文化、产业集聚等特色，做精做强特色小镇主导产业，促进产业跨界融合发展、集聚发展，着力构建特色小镇高端要素集聚平台，努力将特色小镇发展成为区域创新高地，全省现代产业体系的重要组成部分。

省发改委将通过广东特色小镇建设发展基金、专项建设基金、基础设施供给侧结构性改革基金、珠三角优化发展基金，以及协调省内外金融机构，为特色小镇投融资提供支撑。此外，省发改委还将指导有关金融、科技、咨询等机构，组建广东特色小镇发展联盟，为特色小镇及其企业提供全生命周期服务，促进特色小镇持续健康发展。

□ 谢苗枫　冯善书　吴哲

（2017年12月26日）

第二篇章
策论

策论一
动能转换：专业镇经济如何实现创新突围

专业镇是广东省区域经济发展的重要原动力和全省经济发展的重要增长极。改革开放以来，广东省一批专业镇以资源优势为导向，发展传统制造业。

在遭遇转型升级阵痛后，很多专业镇也不断探索动能转换的道路，如东莞市横沥镇的协同创新模式、中山市古镇镇的专利快速维权模式，在全国、全省都有一定的代表性。广东将坚持创新驱动发展战略，充分发挥特色小镇创业创新成本低、进入门槛低、各项束缚少、生态环境好的优势，打造大众创业、万众创新的有效平台和载体，促进特色小（城）镇发展动能转换。

传统动能无法持续

原有的红利消失，是专业镇面临的主要困境。在过去一段较长时间里，专业镇依靠低廉的土地成本、劳动力成本优势，以低端制造业为主，拉动经济发展。东莞横沥镇从20世纪90年代起发展模具制造业，经过多年的发展，横沥镇拥有上千家模具企业。包括横沥镇在内的珠三角模具产业，占据了全国模具产量的一半。

但原来的发展模式，逐渐走不下去了。国内外因素都使模具产业转型升级迫在眉睫。从国内看，重庆、成都、苏州、大连等地纷纷大力扶持模具产业，竞争加剧；从国际看，欧洲高端紧密模具设计制造水平不断提升，全球58%的高端模具由德国等西欧国家生产，亚洲市场、中国市场被不断挤压，这些情况都制约着横沥模具产业的发展。2008年起全球金融危机后，外贸出口型企业普遍面临订单减少、经济下行压力。低端制造业无

● 协同创新模式带动横沥从一个低端的塑料玩具模具镇转型升级为汽车等高端工业产品模具镇。图为横沥模具展（胡国球摄）

法继续支撑横沥镇的发展，必须用新的动能替代。这也是广东众多专业镇都须应对的改变——抛弃原有的要素驱动模式，走创新驱动道路。动能转换也是企业自身的需求。从企业的角度来看，成本不断上升，企业要盈利，需要通过创新去提升营业能力，提高产品的市场竞争力，才有可能维持发展。

东莞横沥镇天倬模具公司从2010年开始，把企业发展重点投向高端的汽车模具制造，经过多年的创新，天倬模具的发展逆势上扬，产值连年增加。由于在汽车配件模具制造中优势明显，天倬模具90%的订单来自海外，其中德国大众汽车的订单占了大部分。

协同创新模式带动横沥从一个低端的塑料玩具模具镇转型升级为汽车等高端工业产品模具镇。此外，横沥镇扩大产业链，从模具延伸到智能手机、电子设备制造等先进技术领域。

在新旧动能转换上，广东专业镇做出不少努力，为企业营造创新平台，推动企业与高校、科研院所合作，让企业都能找到创新、创业的发力点。在政策上，各级政府改革税收登记制度，降低企业负担，从政府的“家长式”管理到“放管服”，转变政府的职能，来为企业的创新搭建一个良好的平台。

寻找新的增长极

新旧动能的转换体现在核心竞争力的改变。实施新旧动能转换的目标就是要推动“制造”向“创造”“智造”转变，提升产业层次，优化产业结构，增强产业竞争力。

佛山北滘镇在从20世纪80年代初开始大力发展乡镇企业，造就了顺德家电产业群，成为家电的“世界工厂”。经过30多年的发展，顺德汇聚了约3000家家电整机及上游配件企业，家电年产值达2000亿元。但产能普遍过剩，高端优质产能缺乏，制约着北滘镇的发展。

北滘镇启动总部经济、工业设计产业、家电全产业链“三大引擎”推动产业转型升级，核心竞争力大大增强。北滘镇积极探索产业转型的方向，以家电全产业链、总部经济、工业设计、电子商务为驱动，经济发展势头强劲，产业结构更趋优化，产业更具竞争力，为北滘镇经济的稳步增长奠定了坚实的基础。

专业镇要实现动能转换，就要大力发展高端制造、智能制造和绿色制造。广东的专业镇有很好的工业基础，如今也迎来创新发展的一个最佳时机。机器人、人工智能、3D打印等，专业镇应当加快新一代信息技术与制造业的深度融合，以机械、汽车、电子、新材料等行业为重点，建设智能化车间，加快生产设备智能化改造，提升制造业智能化水平。

在由广东省发展改革委、广东省科技厅、广东省住房和城乡建设厅公布的《关于印发加快特色小（城）镇建设指导意见的通知》中明确，坚持创新驱动发展战略，充分发挥特色小（城）镇创业创新成本低、进入门槛低、各项束缚少、生态环境好的优势，打造大众创业、万众创新的有效平台和载体，促进特色小（城）镇发展动能转换。

在新旧动能转换过程中，创新是动力和引擎。加快推动专业镇新旧动能转换，继续发挥专业镇的带动作用，把广东建设成为我国经济发展的重要增长极，创新创业、智能制造的重要支撑点，科技创新的重要策源地，绿色发展的示范地区，使广东省经济文化建设不断开创新局面。

□ 邓强

【问策】

以立先行：广东专业镇创新的探索和实践

广东省社科院现代化战略研究所研究员、科学发展与公共政策研究中心主任

郑奋明

广东专业镇发展已17年，经济总量占全省比重约三分之一，专利申请等创新产出占全省比重近四成，至今仍是广东创新发展的重要力量。与其他地

区的产业集群相比，广东专业镇更贴近国内外市场，更具有创新活力，这是因为在17年的发展历程中，广东专业镇始终坚持以立先行，以创新推动产业集群的升级换代和技术提升。

发展新产业：在稳增长中推动新旧动能转换

产业集群的升级通常有三种路线，一是技术升级，二是品牌升级，三是产业更替。以珠三角东岸为代表的广东专业镇大量采用了产业更替的模式，实现了新旧动能转换。例如虎门镇从“十一五”中后期就逐渐引入和扶持信息线缆产业的发展，逐渐替代处于优势的纺织服装制造业，在“十二五”末期虎门再次转向手机制造为主的通信制造业。高技术、高附加值产业对旧有产业的更替，实现了专业镇发展动能重心的跨产业转移，从而保障了广东专业镇经济的稳定快速发展。十八大以后，孵化器、加速器在珠三角地区快速兴起，新的产业业态、新的技术再次引入传统的专业镇和传统产业中，使旧动能迸发出新的生机。

发展新技术：在技术提升中实现新旧动能转换

以珠三角西岸为代表的广东专业镇更多采用了技术换代和技术提升实现新旧动能的转换。例如中山的古镇和小榄，在传统灯饰领域原本处于国内领先、国际先进的地位。在LED光源、新光源替代白炽灯的技术革命浪潮中，两镇作为全省灯饰行业的主要基地率先开始产业技术的更替，到2015年末，LED光源在以古镇、小榄为核心的中山西北—江门蓬江灯饰集群中已居于技术主导地位，而这次技术换代使得古镇和小榄的灯饰制造集群在技术上已比肩国际先进水平。

完善创新体系：激发市场潜能推动新旧动能转换

创新体系是广东专业镇降低创新成本，激发市场活力的重要法宝。2012年，广东出台《广东省中小微企业综合服务体系建设实施意见》等文件，设立专项资金建设专业化服务平台，为企业提供知识产权、检验检测等服务。此后，广东专业镇创新服务体系快速成型，云计算、互联网、物联网等新技术引入专业镇创新服务，形成具有特色的专业镇创新服务模式，如“互联网+专利信息”服务新模式，推出手机APP专利检索平台，向39个专业镇、省内外近800家科技型企业免费推送专利信息，涵盖49个技术领域。

今天，广东在专业镇的基础上进一步发展特色小镇，其核心仍是产业的转型、升级、发展，而产业发展的背后则是以创新为核心的发展动力的转换。专业镇发展17年的历史经验表明，只要抓好“创新”这个牛鼻子，特色小镇的发展动力就会源源不断；只要打好“创新”的地基，特色小镇的高楼大厦就有辉煌的未来。

（2017年12月26日）

策论二

产业重构：供给侧结构性改革下的产业链变革

2017年11月11日零时刚过，位于揭阳市锡场镇的港荣食品有限公司仓库内，十几台热敏机同时运作，"嘀嘀嘀"地不断涌出新的订单。仅用10个小时，港荣就突破了2016年的销售量。

锡场镇内，越来越多的食品企业、服装企业通过发展电子商务，走出过往行业低迷的阴霾，而大数据等技术的应用，更改变着传统企业的生产模式。类似的产业链变革，正改变着广东各个小镇的经济生态。

当前，新一轮科技革命和产业变革蓄势待发，正孕育催生着新理念、新业态。而特色小镇的建设，正推动广东省内镇一级进一步破除供给约束、优化供给结构，提供生产要素的供给水平和效率，进而提高全要素生产率，发展新产业、新业态、新模式。

传统产业向微笑曲线两端延伸

2017年11月18日，大浪时尚小镇公共服务平台在深圳正式启动，这是全国首家时尚创意公共服务平台。

深圳女装闻名全国，而大浪镇就集中着大量知名的女装企业，他们从20世纪末的贴牌加工起步，逐渐开创自主品牌，提升产品附加值。目前，大浪80%的服饰企业拥有自有品牌，设计水平也受到国际时尚界的关注。

大浪时尚创意小镇成省级特色小镇创建示范点后，更提出要推动时尚产业在产业分工中向高价值链攀升，未来五年打造10个世界级知名时尚品牌，时尚产业产值及销售额预计可达800亿元。

当前，广东各地正大力扶持创意产业发展，传统产品也逐渐从“工业化制造”进入“艺术化创造”时代。省内不少以服装、家具、陶瓷、灯饰为核心的传统专业镇，正陆续建立起质量检测、工艺设计、品牌策划、文化创意等综合服务平台。

“我们正从创意设计着手，去提升灯饰产业附加值。”中山市古镇镇党委书记刘建辉介绍，古镇在打造灯饰特色小镇的过程中，通过举办灯光文化节、设立设计师俱乐部和创意设计中心等举措，激发产业的内生动力，并带来各种各样有创意的灯光文化。

目前，古镇灯饰企业已经引进多个意大利、波兰等国家的设计师团队，建设“国际灯饰人才俱乐部”，并着重培育本土设计力量。2016年，古镇专利申请量和授权量达9194件和7498件，同比分别增长39.56%、10.25%。

特色小镇的建设，为省内众多传统产业镇提供了新的转型契机。未来，广东将支持小镇建设孵化器、加速器、工业设计中心、专门化总部基

● 揭阳军埔村是闻名全国的最早"中国淘宝村"（罗斌豪摄）

地等新型载体，促进产业发展向微笑曲线两端延伸。

"互联网+"技术带动产业发展

"接触电商是传统食品一次很好的转型。"港荣电商运营总经理林晓林告诉记者，互联网不仅带动销量，大数据更引导企业生产端的改革，让港荣生产出更多符合市场需求的产品。

与港荣相距不到5公里的军埔村，是闻名全国的最早"中国淘宝村"，2017年其电商销售额已超40亿元。以军埔村为核心、互联网技术作为"产业立交"的变革，锡场镇正推动汕潮揭地区优势传统产业与军埔电商对接。

"比如把云计算、移动互联网、物联网和大数据等新一代信息技术，跟镇内食品、五金等特色产业深度融合，培育互联网新模式、新应用、新业态。"锡场镇委书记林晓珊说。

运用互联网等各项新技术去改变原有传统产业链，锡场镇仅是广东镇域实施“互联网+”的一个缩影。

自2016年6月开始，广东省经信委连续公布两批共15个“互联网+”创建小镇和8个培育小镇，希望以互联网产业为依托，打造集“产、城、人、文”于一体的创新型空间平台。

如“互联网+制造”的北滘镇，便引入美的全球创新研发中心，形成了集创新研发、工业设计、会展商贸、总部经济于一体的家电全产业链，引导家电产业链进一步向高附加值环节延伸。

在2017年6月广东省发展改革委、广东省科技厅、广东省住房城乡建设厅联合发布的《关于加快特色小（城）镇建设的指导意见》中，也提出了将支持发展先进制造业和现代服务业，积极发展物联网、大数据、云计算、电子商务等产业。

上下游深度开发提升产业附加值

位于汕头潮阳区东南端的海门镇，水产养殖一直是海门人引以为豪的产业，但近年来产业发展并不是很景气。“不是说渔业没有价值了，只是渔业产业链的附加值还有待挖掘。”海门镇委书记郑学彤坦言。

改造生产工具，扶持渔民用钢壳渔船替代木质结构渔船，并装备一批新技术；开发海产品深加工领域，引进水产加工优质企业；建立贸工渔、产加销一体化经营组织形式，拓宽产业链条……

近年来，海门镇正不断围绕“渔”做文章，希望走出传统的渔业发展模式。获批第二批全国特色小镇后，海门镇更计划将渔业跟潮汕文化旅游结合起来，进一步实现产业链的延伸。

上下游产业链的开发，让省内各镇里的特色农业、渔业，不断转化出新的产业形态，也让这些最传统的产业焕发出新的发展活力。

作为全国闻名的“中国养龟第一镇”，茂名电白区沙琅镇龟鳖养殖业已有30多年历史，但下游开发不足，一度让这个特色产业陷入发展危机，很多养殖户甚至出现了为何养龟的疑问。

为破解产业困境，近年来茂名电白区推出多种措施，鼓励在发展养殖产品批发、龟鳖幼苗养殖、龟鳖收购销售等综合配套的同时，也向龟文化、生态观光旅游等下游产业发展，打造全业态的龟产业链。

2017年9月，沙琅镇的金龟小镇正式动工，其中作为省重点项目的金龟产业园，将以“有机龟养殖+生物科技产业+物联网产业+”的特色模式，完善当地龟生态养殖、上游生产资料的生产加工、以龟为原料的下游产品研发和生产等功能。

□ 陈彧

【问策】

推进供给侧结构性改革是打造特色小镇的根本出路

广东省社科院现代化战略研究所助理研究员　叶嘉国

全省镇域经济，无论是以工业为主导产业的珠三角专业镇，还是以农林渔为主导产业的粤东西北小镇，普遍存在产业技术层次偏低、产业链延伸不足、产品附加值不高、产业竞争力不强等问题。打造特色小镇，是这些传统小镇转型发展的重要方向。但需要注意的是，每个小镇还是要基于现有的产业基础。在推进供给侧结构性改革方面，打造特色小镇应当注意以下要点：

技术改造激活传统产业

特色小镇的发展情况说明，传统小镇、传统行业仍然具有巨大的生机和活力，根本做法是向传统镇域、传统产业嵌入多种元素，注入新技术、新模式，加快推进新一轮技术改造。对于制造业，低端供给过多的主要成因，是企业技术、工艺、材料落后。对于农林渔产业，主要是生产资料和种养技术落后。

推进智能化和产业化

智能化和产业化分别是工业现代化和农业现代化的核心主题。在制造业小镇，加快实施“机器换人”行动，促进生产制造工艺和装备升级换代，以自动化、智能化、柔性化、敏捷化制造技术提升生产效率和产品质量，同时大力提升工业品的智能化水平。大力践行绿色发展理念，以智能制造带动发展绿色制造，促进节能降耗，提升产品品质，保护生态环境。在农业小镇，大力推进农业产业化，倡导适度规模经营和发展多种经营，促进农业生产服务、农产品深加工和涉农流通产业发展。

传统产业向服务化转型

无论是工业小镇还是农业小镇，都要主动适应消费（需求）的个性化、多样化、多变化的大趋势，大力发展个性化定制和服务型制造，努力在服务环节创造价值。主动让消费者（用户）参与产品设计、生产过程和产品体验，坚持以消费者（用户）为中心，实施以销定产、零库存的经营模式。通过个性化定制，以产品设计创意化、购物活动体验化、工业产品艺术化、农业生产观光化等新业态新模式，充分演绎传统产业的潮流性、时代感、文化品位和时尚元素，促进产业时尚化。

大力发展“四新经济”

发展经济仍然是特色小镇的首要使命。特色小镇本质上是一种可持续创新的产业组织形态，是一种新型发展平台。打造特色小镇需要坚持开放发展的思维，吸引各方面投资创业，促进各种要素集聚。但广东省的工业化和城镇化已达到较高水平，今天的特色小镇已经不同于以往的专业镇和特色产业基地，更不是以往的“一镇一品”发展模式，而是要从创新入手，大力发展新技术、新产业、新业态、新模式。加快从“一镇一品”转向“一镇一业”“一镇一链”。这里的“业”即产业，“链”即产业链，它不是单一的生产加工型“小产业”，而是集生产加工产业、生产性服务业和生活性服务业于一体，更加突出研发设计、文化创意、市场服务、售后服务等服务业态之地位。特别是要借助“大物移云”（即大数据、物联网、移动互联网、云计算）等新一代信息技术和“三化融合”“互联网+”“生产+服务”等新型产业发展机制，培育发展新型服务业态，重点促进支撑性服务业发展。

（2017年12月26日）

策论三
资本突围：民间资本有序推动南粤小镇建设

特色小镇建设任务重、项目多，除了政府资金的引导外，更迫切需要发挥市场主体作用，加大商业金融的支持力度，积极引导社会资本进入小镇。目前处在风口上的特色小镇，事实上已经成为很多社会资本追逐的对象。

作为民营经济发达的广东，具备雄厚的投资基础。以新型特色小镇为平台，创新特色小镇市场化开发建设运营机制，让社会资本逐步介入政府投资的项目中来，对于创新投融资方式，探索产业基金、股权众筹等融资途径，形成投资收益的共享局面和社会治理的公共利益最大化，显然具有创新和示范意义。

特色小镇开启千亿市场序幕

资本逐利而行。特色小镇建设这场新型城镇化建设的开发热潮，正成为资本竞相追逐的新风口。从阿里巴巴到华为、从万科到万达，几乎所有的大企业集团都开始涉足。

这是一个超过千亿元的市场。按照规划，到2020年，广东将建成100个左右省级特色小镇，打造新的经济增长点。以每个小镇投资至少20亿元计算，直接拉动投资将超过2000亿元，这还不包括其他各类特色小镇项目。

特色小镇的开发需要的投资规模颇巨，但对一些财政比较薄弱的地区而言，投入大量的资金显然并不现实。因此，持续稳定的资金来源是特色小镇发展的关键，合适的融资模式对于特色小镇的发展非常必要。

“一个沙琅镇，需要的投资就可能在百亿元以上。”茂名金龟产业园开发建设有限公司负责人林炜曾指出，在茂名金龟小镇，整个金龟产业园规划面积4000多亩，首期用地1000亩，“光是这一个项目，在硬件和软件配套等方面所需要的投入就远远超出了当地政府的财政能力”。

小镇“扮靓待嫁”，投资人也需要寻找机会“联姻”。广东有着雄厚的民营资本，2016年，广东省民营经济上缴税金9455.09亿元，同比增长9.8%，税金规模排全国第一。一边是小镇建设需要不断的资本来“供给”，另一边，广东的民间资本也急需寻找合适的投资渠道，而培育高端产业所获得的回报，无疑有着巨大的吸引力。

放在更高维度来看，作为中国新型城镇化战略实践的主战场之一，特色小镇承担着促进城乡一体化、加快经济结构转型的重任，被寄予厚望。而从商业潜力的层面而言，作为一个长期建设方向，特色小镇所释放出的红利，将有效拉动投资、产业、消费等方面的持续增长。对企业和民间资本来说，无疑充满着巨大的吸引力。

依托广东雄厚的民间资本，特色小镇的建设，不仅可以打通民间资本支持实体经济的通道，而且可以规范有序地引导民间资金对接优质项目，有利于培育新型金融业态，更好服务产业整合、转型升级和新兴产业发展。

可以说，特色小镇不仅在空间形态上体现了新型城镇化的人居理念，在产业发展上体现为新兴产业聚集，在投资逻辑上更体现出政府和社会资本进行合作的极佳项目载体。以新型特色小镇为平台，政府和社会资本不但可以在投资收益上形成共享局面，还可以在新型城镇化过程中达到社会治理的公共利益最大化。

各路资本竞相追逐新风口

当前，广东各地正掀起建设各级、各类特色小镇的浪潮，品目繁多。而正在建设的特色小镇中，不少小镇已成为资本竞争的一片新蓝海。

2017年11月初，碧桂园、美的宣布将携手打造库卡机器人小镇。此外，佛山水韵小镇约120亿元的总投资额，约29亿元资金已经以产业项目落地的形式，由企业进行了先期投入；预计总投资额超过60亿元的茂名金龟小镇，同样由企业进行先期开发……

综合来看，当前，特色小镇的开发主要有3种模式，即政府主导、企业主导和政企合营的PPP模式。广东各地在推进特色小镇建设中，多强调原则是“政府引导、企业主体、市场运作”，吸引社会资本进入。

而对于如何促进民间资本参与小镇建设，政策杠杆早已经搭好了架子。

早在全国首批特色小镇的建设目标确立之后，住建部会同发改委、财政部，与中国农业发展银行、国家开发银行等金融机构，出台了推进金融支持特色小镇、小城镇建设的政策。

“小城镇建设任务重、项目多、资金缺口大，迫切需要发挥市场主体作用，加大商业金融的支持力度，积极引导社会资本进入小城镇。”2017年4月，国家住建部和中国建设银行联合发布通知，明确要求创新投融资机制，加大金融对特色小镇、重点镇和一般镇的支持力度，全面提升小镇建设水平和发展质量。

此外，目前全国大部分省（直辖市、自治区）也已明确了培育目标和金融支持政策，组织编制了规划，稳步有序推进特色小镇建设工作。

2017年3月，广东省发改委与上海复星集团签署共同推进广东特色小镇建设发展战略合作框架协议，设立总规模为1000亿元的广东特色小镇建设发展基金，吸引社会资本参与广东特色小镇建设发展。

商业金融的领航，将进一步激发社会资本参与小城镇建设的热情。在政策利好推动下，特色小镇更为众多社会资本所追逐。

在广州海珠区，挂牌不到半年的广州创投小镇就显现出独特魅力：十余家投资机构入驻；近百家新材料、人工智能、大数据等新业态企业聚集；举办创投活动超过30场，促成股债联动科技信贷意向、股权投资意向近20亿元……

“小镇已慢慢形成活跃的创投氛围，企业、投资机构乃至社会资本的热情均被调动了起来。”由传统批发市场转型而来的广州首个创投小镇——洋湾创投小镇董事长黎名准认为，产业链上的每个元素都还有重新

“中国石金钱龟之乡”沙琅镇，龟鳖养殖业带动全镇群众脱贫致富（罗斌豪　张迪摄）

发掘和认识的过程，这需要以更大的魄力持续建设，才能将创投小镇发展为创新的枢纽。

在建设特色小镇这股浪潮中，政策引路，资本跃跃欲试，新一波经济增长引擎似乎已然发动。

□ 曹媛媛

【问策】

特色小镇资本投资　政府应定位、到位、有为

广东省社科院现代化战略研究所研究员、科学发展与公共政策研究中心主任
郑奋明

2016年末，特色小镇政策横空出世，大量资本迅速涌向特色小镇建设，在许多地方形成了“无产业、虚资本、实地产”的不利局面，这也有违特色小镇建设的初衷。政府在特色小镇资本投资中应该扮演什么角色？这是特色小镇能否成功的一个关键。

定位不错位

浙江是特色小镇生长的地方。浙江在特色小镇发展过程中有一个非常重要的经验，就是规划先行，每一个成功的特色小镇都有一套详尽可行的产业规划、总体规划和建设规划。规划即“定位”，不仅仅是明确特色小镇该发展什么，还应该明确政府该做什么、怎么做。特色小镇建立以后，土地价值趋升，房地产投资涌入是一种必然。特色小镇的管理部门应该清醒地认识到地产投资并不带来产业价值的提升和人口素质的提升，反而可能带来人口增长带来的管理成本和对产业资本的挤出效应。所以，政府在这种浪潮中必须坚持产业导向和城镇建设导向，避免特色小镇地产化。

到位不越位

特色小镇的起步需要大量的资金，由于缺乏明确的产业前景和城镇发

展前景，政府在起步的基础建设、产业示范方面不得不承担更多的责任。这不但是浙江特色小镇的经验，也是广东和其他地区产业新区建设的经验。但是，政府应该在适当的时机退出对小镇的投资，而专注于基础设施的改进、小镇服务的提升。在一些地区，政府资本以资本平台或其他资本形式参与小镇建设和运营，这在小镇建设初期能够起到聚集产业、降低投资成本的政策效果，但在小镇起步以后则可能导致小镇投资趋向政府偏好，而使得特色小镇变成政府导向特色，而非市场特色——这就会形成政府投资对市场投资的挤出效应。

有为不缺位

特色小镇的建设和运营过程中，高效、便捷、普惠的政府服务是特色小镇的重要竞争力。目前，许多规划中的特色小镇都期望获得上级政府的财政支持，而另一部分特色小镇则沿用传统的招商模式，以低地价低租金吸引投资和企业。上级的财政扶持和低价政策固然能起到一定的招商作用，但是，相似的特色小镇也可以采用相同的政策。这在宏观上会形成特色小镇的低价恶性竞争和对上级政府的“寻租”竞争。这种竞争虽然在短期可以造就资本快速流入、特色小镇高速发展的热潮，但长期看来，对特色小镇的发展是极为不利的。

真正具有长效机制的有为政策，应该是通过政府服务，建立起企业一站式便利化的公共服务，建立起企业在本地的研发和产业链联系，建立起能够保障企业创新的高素质人才的充分供给，建立起企业必需的高效物流体系。建立起服务产业资本、引导金融资本、制约地产资本的小镇投融资服务体系。

从更宏观层面来说，面对特色小镇的投资热潮，政府的角色定位应当更好地跟上经济社会发展，从直接介入市场行为到提供更加公平有序的市场环境，从粗放式的管理到精细治理和公共服务。防止越位、错位和缺位，应有壮士断腕的勇气和决心，杜绝明放暗不放、左手换右手的行为，真正实现政企分开、政资分开、政事分开、政社分开，切实履行好政府的职能。

（2017年12月26日）

策论四

生态提质：建设好山好水也要吃好“绿色饭”

当人们谈论起乌镇、硅谷和剑桥这些著名的小镇时，会分别为其贴上旅游小镇、科技小镇和文化小镇等纷繁的标签，但一个不会被忽略的共性是，人们都会把它们称为“最美小镇”。这说明，成功的小镇会以各自的功能独立于世，但“最美”却是共同的特点。

随着功能各异的特色小镇在我国蓬勃发展，同样的标准势必在此番建设大潮中浮现——绿色是必备的“底色”。发展特色小镇被寄望于建设美丽乡村和推动生态文明建设，因此走出一条绿色之路，在建设好山好水的同时吃好“绿色饭”，既是政策的初衷，也是优势所在。

“城市病”倒逼特色小镇建设

自工业革命以来，大大小小的城市开始出现。城市在集聚生产要素、带动经济发展、提升区域竞争力和吸引人才等方面有着无可比拟的优势，但人口膨胀、交通拥堵、房价居高和空气污染等“城市病”则如影随形，是城市生活难以回避的痛点。

伴随着我国30多年的经济高速增长，城镇化的快速推进使得经济发展与资源消耗的矛盾开始凸显，这倒逼人们开始反躬自省，发展从单纯追求经济增长转向对“宜居”的重视，对绿色生态的向往。

一边是不堪重负、亟待疏散的大城市，一边是大幕拉开、“好山好水”的特色小镇，此中反差让人们找到了治理“城市病”的新思路——发展特色小镇是促进大中城市与小城镇协调发展的重要路径，是推进新型城镇化、实现城市可持续发展的新举措。

在这种背景下，依托优美自然环境和地域传统文化的特色小镇，势必以其“绿色生活方式”吸引城市人群的目光。与传统城镇有别，特色小镇的比较优势在于其独具特色的资源与未受污染的生态。尤其是一旦它完成平台搭建、实现产业聚集后，这种吸引力将成倍放大。

如今，绿色生活、诗意栖居已成为每个现代人的向往。具备绿色生态功能的特色小镇，将散发出一种迥异于现代都市和传统乡镇的气质——低污染、低能耗、低投入、环境友好是“标配”。尤其是在“城市病”愈发蔓延之际，这些都是稀缺的存在。

对一个国家而言，如果说大都市是城镇化的主要载体，那么小镇则是更能反映地区文化与特色的地方。还有什么比原生态面貌和诗意地栖居更让现代人魂牵梦萦呢？

“绿色”是不二之选

就现状来看，我国特色小镇所依托的地带大多尚未深度开发，自然环境优美，犹如一张白纸待人描绘蓝图。在这样的禀赋之上，一旦规划和建设着重强化生态理念，产业方向坚持绿色标准，一个个“绿色”小镇的出现将指日可待。

对政策推行者而言，势必要树立一种绿色是红线、底线的思维。发展特色小镇要牢固树立生态优先绿色发展理念。要把生态文明理念和原则全面融入特色小镇建设的全过程和各领域，走出一条绿色、集约、智能、低碳的特色小镇建设之路。

一方面，从建设模式上看，“绿色”小镇应该着重突出环保、节能主题，用新材料、新技术打造低碳、舒适的环境，同时采用绿色交通模式、水再生利用工程与水生态修复技术，推进生活垃圾分类，注重减少噪声、污水、空气等污染，从技术上率先实现“绿色”。

● 肇庆鼎湖区凤凰镇白水寨生态环境优美，瀑布随处可见（肖雄摄）

另一方面，“绿色”小镇在引入新产业时，要致力于打造绿色的产业价值链。在双创大势下，“互联网+”、智能制造、科技金融等产业势头正猛，通过构建科技含量高、资源消耗低、环境污染小的产业结构和生产方式，小镇将大幅提高经济绿色化程度，寻找创新爆破点。

更为重要的是，针对“绿色”的准入和奖惩机制要令行禁止。要以“绿”为先，特色小镇需要做到严进严出，用高标准的“区域环评”设置准入门槛，以“负面清单”强化惩罚治理，为绿色产业“高调打call”，让污染企业“举步维艰”。

在这个过程中，地方政府要严守规划设计者的角色，在“有形之手”引导的同时让“无形之手”主导，尤其要杜绝“人为造镇”的诱惑，谨防特色小镇变身“房地产小镇”。

向“绿色”要经济效益

广东的小镇有梅州雁洋这样乡镇中的“高富美”——雁洋镇拥有3家A股上市公司、2家新三板上市公司、1家美股上市公司及华银集团等近百家企业；也有肇庆凤凰镇这样的“小清新”——凤凰绿色生态得天独厚，生态旅游业已初具规模。

无一例外的是，两者吃的都是“绿色饭”。前者，小镇之“特”在于第一、二、三产业都走出了一条绿色发展的道路，绿色产业集聚发展，绿水青山切实变为“金山银山”；后者更是向“绿色”要经济效益，坐拥负离子浓度达5万个/厘米^{3}的“天然氧吧”，长寿古村变身为旅游旺地。

从市场稀缺性的角度来看，雾霾、污染、交通拥堵等“城市病”已严重制约传统城市的发展，如果“特色小镇”打不出“生态牌”，很难提供迥异于城市生活的“绿色”体验，其竞争优势无从体现，只能在传统城镇化的道路上老调重弹。

从经济效益的角度来看，梅州雁洋和肇庆凤凰已经从两个方面证明，无论是从事第二产业还是第三产业，生态提质是践行“绿水青山就是金山银山”发展理念的有益实践，是走“生产、生活、生态”融合发展之路的有益探索。

究其原因，在一种返璞归真、化繁就简的时代美学的引领之下，“绿色化”的生活方式将成为现代人的生活基调，而“特色小镇”的出现，以其“精而美”的建设形态和“聚而合”的使用功能，为这种全新的生活理念提供相辅相成的载体，最终将为现代人找回丢失的气韵，被遗忘的乡愁。

□ 陈晨

【问策】

准确把握“特色小镇”的“变”与“不变”：坚持绿色为“底色” 走好特色发展之路

广东省社科院现代化战略研究所助理研究员 欧阳卿

广东省委十二届二次全会，强调用辩证的思维来把握广东经济社会发展的“变”与“不变”，更好认识和把握省情，找准发展的着力点和突破口。对于特色小镇而言，“美丽”与发展共赢的道路没有变也不会变，但新时代下发展条件和实践要求已经发生变化，这要求我们必须与时俱进调整工作思路、工作方法、工作举措。特色小镇建设要在新起点上再创新局，笔者认为关键要做到以下几点：

坚持绿色发展不动摇

进入新时代，绿色发展作为关系全局的一个重要发展理念没有变，特色小镇资源禀赋的现状没有发生大的转变，广东生态环境总体趋紧的问题一时也难以改变，这决定了特色小镇建设仍要把绿色作为“必选项”和“首选项”。我们的特色小镇虽然没有大城市那样根深叶茂的产业优势，但却拥有大城市所不可比拟的好山好水，理应把生态优势转化为发展优势。从实践来看，特色小镇的休闲旅游、健康养老、生物医药等高端产业均以良好生态为主要卖点。一旦不打“生态牌”了，也就失去了“异军突起”的重要底牌，反而重蹈大城市“先开发后保护、先污染后治理”的覆辙。坚持绿色发展不动摇是特色小镇新时代发展的题中之义，这种对绿色的坚守不仅要体现在对产业的选择中，还要融入美丽乡村的建设中、融入村民的生产生活方式当中。要将低污染、低能耗、低投入、环境友好作为产业选择的底线，将新工业、新技术、高产出作为产业发展的方向，将“看得见山，望得见水，记得住乡愁”作为乡村建设的目标，将节约、低碳、绿色变为村民的生活新风尚。

走好特色发展之路

随着现代经济体系建设的加速、乡村振兴战略的深入实施、人民群众需求日益呈现多样化多层次的特点，特色小镇要赢得日趋激烈的竞争、满足人民群众美好生活需要，必须在保持“绿色”底色的同时做强特色，更好探索“一村一品”“一村一业”发展模式。广东众多“特色小镇”的实践已经证明，实现绿色发展的路子不止一条。我们有集聚发展绿色产业的梅州雁洋，有打出生态旅游品牌的肇庆凤凰，还有众多大兴现代农业、生态农业的乡镇，印证了绿色崛起的无限可能。新时代我们要更好地找准和把握绿色和发展、产业和禀赋、历史和生态的结合点，统筹推进特色小镇错位发展，不能“百镇一面”、同质竞争。即便主攻同一产业，也要差异定位、细分领域、错位发展，不能丧失独特性。

优化特色小镇建设的“动力供给”

特色小镇作为国家推动新型城镇化和新农村建设的重要政策，坚持发挥政府作用这一点不能变。特别是当前特色小镇在规划建设标准、土地利用等方面缺乏法律制度保障和技术支撑，要加强制度供给。同时，要避免政府行政主导的僵化思维，注意凝聚和调动一切促进特色小镇建设的“正能量”。要营造良好营商生态环境，发挥好市场在特色小镇资源配置中的决定性作用。要发挥好村民的主体作用，探索自治管理模式，提高村民认同感，汲取共同智慧，推进共建共享。

（2017年12月26日）

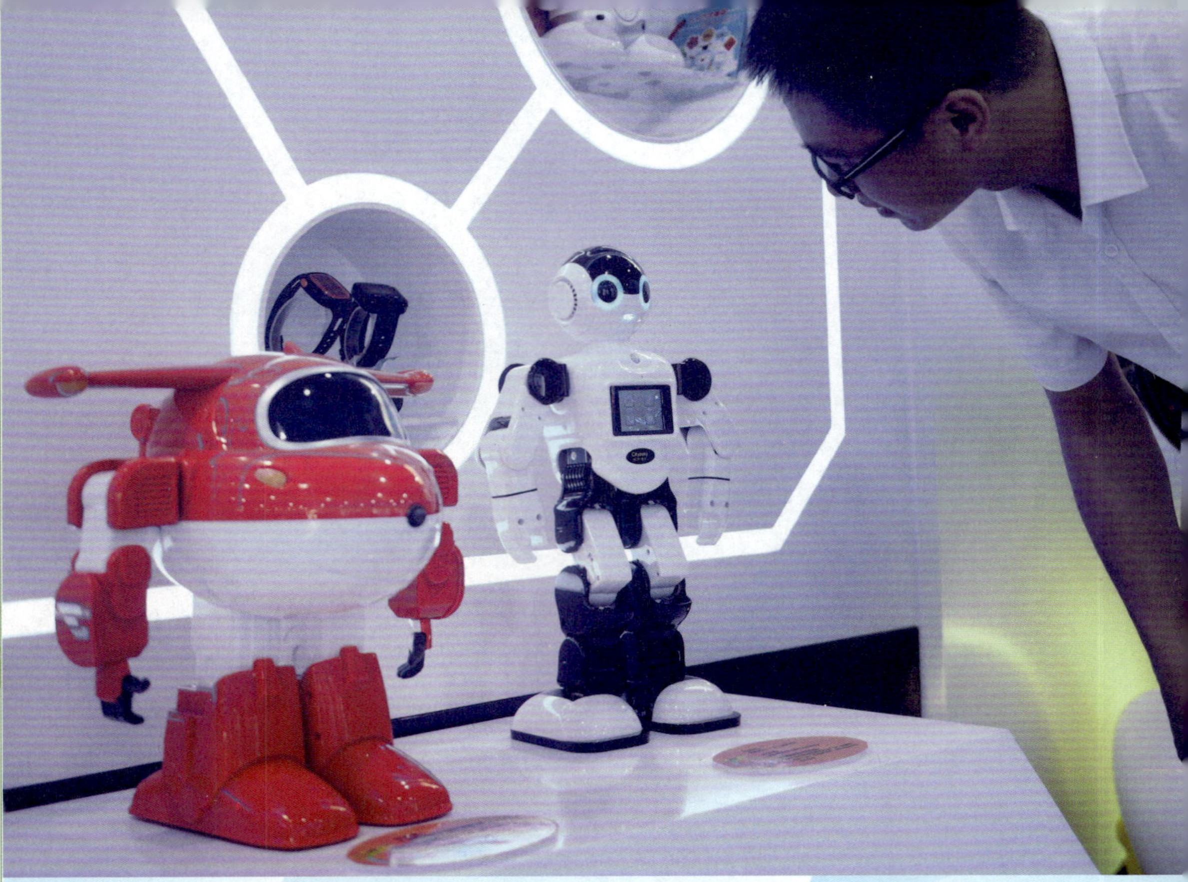

策论五

产城人文融合：新型城镇化的镇域转型之路

置身于佛山市北滘镇，这个以家电产业为主导的特色小镇，又一次加速转型发展：家电产业创新驱动加速，迈入智能制造时代；由旧厂区改造的现代Loft风格写字楼林立；曾经被污染的河涌，如今又赛起龙舟；城市地下，地铁在加速掘进，医院、文化活动中心、商业中心日渐完善；一大批创新型人才向这里汇聚……

这是特色小镇产城人文融合发展的缩影。特色小镇，一头连着乡村，一头连着城市，产城人文融合发展，既是实现城乡协调发展的重要途径，也是实现乡村振兴发展的有效举措。在特色小镇的建设过程中，如何将产业发展与特色小镇建设深度融合，以“产城互动、产城融合、人城融合”推动特色小镇发展，避免小镇“空心化”和“无序化”，是特色小镇成为推进新型城镇化抓手的关键。

完善基础配套优化发展空间

在肇庆凤凰镇，有一座远近闻名的“长寿乡”白水寨村。就在几年前，由于景区内路不通，阻挡了不少游客的脚步。为发展生态旅游业，凤凰镇大力推进基础建设。如今，从凤凰镇到村内只需半个小时。便利的交通给白水寨村带来翻天覆地的变化。

65岁的白水寨村村民林土金，在外出务工20多年后，重回白水寨做起了农家乐生意。由于路通了，近几年到访的游客越来越多，这给村内的民宿生意带来了商机。这两年，眼看民宿生意越来越好，林土金等村民又新买了蜜蜂箱，向游客出售蜂蜜。一条生态旅游的产业链已在白水寨村悄然形成。

村民收入的改善，背后是该镇基础设施、公共服务配套的日益完善。近年来，在高铁、城轨等基础设施的完善下，该镇距离高铁站、城轨站仅需10分钟时间，距离广州白云国际机场仅需45分钟。

城镇基础设施的完备，让凤凰镇成为珠三角及粤港澳地区游客青睐的“吸氧洗肺”胜地，推动该镇养生旅游业的升级壮大。凤凰镇破解山区镇土地资源稀缺难题，联动其他地块进行整体规划和开发，着重推动本地文化资源与养心、长寿的相关产业深度融合发展；在景区内，凤凰镇在原有基础上转型升级，让“本地人在本地赚钱”，同时又保护了景区的人文环境，实现了产业发展、城镇规划与人文环境和谐共促的局面。

这种现象在广东特色小镇日益普遍。广州市海珠区洋湾岛，过去曾是一座喧闹的传统批发市场，如今创新工坊、高科技体验馆、创客中心林立，洋湾岛已转型为“产业+科技+资本”的创投小镇；中山古镇内，在灯光文化节等带动下，传统的灯饰产业发展空间得到优化，产业再度焕发生机活力；木雕传统技艺传承地潮州意溪镇，一座专为木雕大师们打造的“大师艺术博览园”，吸引大师们返乡，为木雕产业注入活力……

“‘产城’融合是基本。”业内人士指出，特色小镇不是传统意义上的产业集聚区，也不是工业园区，其发展所需的休憩休闲、舒适人居、餐饮酒店等基础设施，需要较为完备。特色小镇新兴产业、传统产业转型升级等，对基础设施的依赖度高，这就需要充分地“产城”融合。

坚持以人为本的特色小镇

2017年8月，由广东省住房和城乡建设厅、省发展和改革委员会共同印发的《广东省新型城镇化规划（2016—2020年）》提出，到2020年，力争全省常住人口城镇化率达71.7%左右，户籍人口城镇化率达到50%。

该规划明确提出，要力争实现不少于600万本省和700万外省农业转移人口及其他常住人口在城镇落户。常住人口城镇化率和户籍人口城镇化率分别比《国家新型城镇化规划（2014—2020年）》确定的目标高出了11.7个百分点和5个百分点。

人的城镇化是新型城镇化的核心要义。实际上，无论是产业的创新、转型升级，还是小镇基础设施和基本公共服务的完善，终归都离不开人的因素。产业的创新需要人才的集聚，人的集聚又可以更好地推动产业发展。

而行走在南粤大地，正在兴起的特色小镇，已然呈现出产城人文融合的态势。

位于佛山市顺德区东北部的北滘，近年来，面对经济结构调整等压力，走出制造业疲软困境，变“制造”为“智造”，走出一条创新驱动的产业新路。

设计师刘雪贵毕业于河南工业大学工业设计专业，2010年，当第一次步入北滘这座小镇时，她就被这里的独特气氛吸引了：树木阴翳之中，由旧厂区改造的写字楼处处散发着年轻的朝气；不同于大城市的喧嚣，这座环水而生的岭南水乡尤其显得宜居而好客。她当时就决定留下来，而这一待就是7年。

能留住刘雪贵这样的创新人才，离不开北滘小镇在产城人文融合领域的多年深耕。北滘镇党委副书记、镇长王崇曦介绍，近年来，北滘盘活土地使用空间，为未来制造产业规划蓝图。为吸引大学生人才聚集，北滘建设了系列供高端人才居住的低价公寓，并积极跟进相关配套建设，确保整个社会管制可以和传统文化进行衔接。

随着特色小镇建设的推进，悄然间，产城人文的融合逐渐深入。地处广州北大门的从化市莲麻镇，特色乡村旅游越来越热，不少村民返乡经营民宿，挖掘土特产；数百公里外的梅县区雁洋镇，依托特色文化和生态资源优势，绿色发展释放出强大吸引力，一批年轻人返乡创业；而在罗定市泗纶镇，家家编得好蒸笼，特色农业发展势头强劲，吸引越来越多人参与……

有专家指出，“产城人文”融合是一种良性互动，一方面，以城镇为基础，运用产业和人才措施，推动产业空间和产业发展，实现产业经济的发展。另一方面，产业经济的发展，又为城镇基础配套的完善、人才的集聚提供了坚实的基础。只有良性互动，才能形成“以产促城、以城育人、以人兴产”的局面。

□ 泠汐

【问策】

产城人融合应注重六个要素

广东省社科院现代化战略研究所研究员、科学发展与公共政策研究中心主任

郑奋明

历史发展轨迹表明工业化与城镇化总是呈螺旋式上升关系，小城镇作为工业化和城镇化的载体，其发展理念经历了地方生产系统、卧城、产业基地、产业集聚区等四代。伴随着知识经济的纵深化发展，美国硅谷取得的巨大成功激发了新时代小城镇发展理念的思考，以人为本、可持续发展思想深入人心，关于载体建设和社区发展的理念和思想日益丰富，产业新城的概念逐步兴起与实用化。这就是特色小镇在城镇化发展中重要的理论基础。产城新城理论是特色小镇建设的核心理念，其本质内容是产城人融合，其理念概括下来就是以人为本、可持续发展、宜居城市、特色新城、生态新城、创意新城。

以人为本

一切经济活动以人为中心、注重人性化是产业新城建设的最基本理念。特色小镇建设以人为本体现在优美的居住环境、良好的交通组织、发达的产业体系、广泛的公众参与等方面，同时特色小镇建设还要在发展经济和社会公平之间达到平衡。

可持续发展

除了注重人口、资源、环境协调发展外，特色小镇的发展不能以既有城镇的衰落为代价，相反则应当是缓解和减弱老城区人口及功能过度集中的压力，使既有城镇的活力和作用得到进一步发挥，使得特色小镇和老城区相得益彰，实现城镇的可持续发展。

宜居城镇

一个宜居的城镇应该具有良好的居住环境、良好的人文环境、良好的生态与自然环境和清洁高效的生产环境。随着城市人口的不断增长，工业化思维指导下城市建设和城市运营的诸多弊病暴露无遗，这使得宜居城镇对于当

前仍高速工业化的中国具有重要示范意义；而“宜居”也是特色小镇区别于以往产业型城镇的重要特征。在世界范围内，在法规体系、交流学习机制和市民参与等方面表现卓越的德国弗莱堡可作为特色小镇建设参考的案例。

特色新城

“特色新城”是指具有独特的自然特色和人文特色的新城，再辅以鲜明的产业功能，它集中体现一个新城文化、历史、经济和社会发展等方面的特色，是特色小镇的城市形象的客观展示与城市的魅力所在。目前世界范围内的各类城镇建设十分注重自身的特色建设。如瑞典新城以其典雅的建筑形式和先进的快速轻轨交通而闻名于世。

生态新城

“生态新城”是指构建一个生态良好、舒适健康、节约高效的城镇生态系统。特色小镇建设的一个初衷是为了疏解老城区密集的人口和产业，启动新的城镇增长点。因此，停止老城无序蔓延，建设环境优美、资源高效利用的“生态新城”成为特色小镇建设的主要目标。例如，美国哥伦比亚新城就从自然环境与人造社区相结合的角度塑造了一个功能化和生态化的生态新城。

创意新城

创意新城以技术、人才和包容三个要素作为支撑。一个有创意的特色小镇需要建设集中的创意产业园区，发挥资本的集聚作用；将发展创意产业与城镇建设相结合，将文化创意融入城镇规划建设中；发展有更大包容性的新城社区，建立宽松、有序和多元化的社会文化环境。例如法国的法兰西岛科学城就是创意新城的代表，作为科研、教育和高技术产业密集区，拥有丰富的智力资源，城区内有8000多家高新技术企业。

（2017年12月26日）

第三篇章

典例

壹

游·文旅之镇

佛山市南海区西樵镇

在西樵，遇见“醉美”岭南文旅小镇

【小镇名片】

西樵镇地处南海区西南部，东濒北江顺德水道，南部与九江镇接壤，西临西江与高明隔江相望，北与丹灶镇接界。对外交通体系包括广明高速、西二环高速、樵高路、樵丹路、樵金路、南九复线等快速干线及西樵大桥、龙湾大桥、高明大桥等过江桥梁。产业中以纺织、陶瓷等传统产业为主，卫生快速消费品行业和文化旅游产业迅速成为新兴经济增长极，预计未来两年西樵卫生用品产能占佛山地区70%以上。

近年来陆续获得了中国历史文化名镇、中国面料名镇、中国龙狮名镇、国家卫生镇、国家级生态乡镇、全国文明镇、广东省教育强镇、岭南魅力名镇、广东省旅游名镇等多个荣誉称号。西樵山风景区于2013年挂牌国家5A级旅游景区。2016年，西樵文旅事业屡获殊荣，西樵山国际马拉松赛事获亚洲体育行业大奖（SPIA）年度最佳大型赛事金奖，狮王争霸赛入选中国体育旅游十佳精品赛事，西樵山风景名胜区获评为中国体育旅游精品景区，松塘村获中国最美村镇传承奖。2017年，西樵镇入选全国第二批特色小镇和佛山首批市级特色小镇，在"全国综合实力千强镇"排名名列第28名。

500年前，一代理学名儒湛若水、方献夫、霍韬在西樵山创建了云谷、大科、石泉、四峰四大书院。他们在西樵山上开坛讲学，藏修10余年，吸引岭南乃至全国的名儒，引领了一代风骚。

如今，文脉得以在西樵山下延续，并迎来了发展的新机遇。2017年，佛山市南海区西樵镇入选成为第二批全国特色小镇；同时，西樵镇正在建设的岭南文旅小镇被确定为全市首批15个市级特色小镇之一。

走进今日之西樵，既可在西樵山上听书学理，亦可在听音湖畔赏岭南风光。走进今日之西樵，既可领略现代城市的繁华和时尚，也可体会岭南乡村的幽静和古朴。西樵山下，听音湖畔，遇见"醉美"岭南文旅小镇。

未来，西樵镇这个"国字号"特色小镇，将依托"国家历史文化名镇"的名片优势，秉承独特的历史文化底蕴和生态景观资源，以建设国家旅游文化产品集聚示范区和岭南文化特色旅游目的地为总体定位，稳步推进岭南文旅小镇建设，全力推动文化、旅游、城市的深度融合发展。

宋城演艺首个珠三角项目选址西樵

西樵镇依托国家5A级旅游景区西樵山独特的历史文化底蕴和生态景观资源，充分挖掘理学、武术、龙舟、南狮、观音、桑基鱼塘文化等岭南文化资源，以听音湖片区为核心，力争用3—5年时间，努力打造集旅游度假、生态休闲、禅意养生、学术交流、影视动漫、文化创意等于一体的岭南文化旅游小镇。

西樵山下，文旅体验元素如今更加丰富，听音湖公园、国艺影视城、希尔顿欢朋酒店、观心小镇、渔耕粤韵文化旅游园、南海湾森林生态园以及百年古村的民宿开发……

同时，岭南文旅小镇首批文旅项目正加快推进，樵山文化中心、飞鸿馆顺利封顶，观心小镇、宋城•西樵山岭南千古情景区、一千零一夜互助社项目、国艺影视城二期以及西岸医美综合体相继签约落户。而宋城•西樵山岭南千古情景区项目作为宋城演艺在珠三角的首个落地项目，尤其引人瞩目。“给我一天，还你千年”的大型歌舞《宋城千古情》，被誉为杭州宋城景区的灵魂，号称一生必看的演出之一。而同样震撼的大型歌舞表演《岭南千古情》很快将在西樵听音湖片区上演，增添西樵山岭南文旅的趣味性和体验性。宋城演艺是中国演艺第一股，连续八届获得“全国文化企业三十强”称号。

那么，宋城为什么牵手西樵？

这源于西樵镇有颜值有家底有远见。宋城演艺方面表示：“西樵山自然风光优美，旅游文化厚重，民俗风情古朴，为我们提供了非常丰富的创作素材，极具深度开发价值和良好的市场前景。”

古语有云“南粤名山数二樵”。西樵山有6000多年文明史，西樵山文化被誉为 “珠江文明的灯塔”。明朝中后期，众多理学名家聚集西樵山讲学，故有“南粤理学名山”雅号。近代，西樵产生了维新变法领袖康有为、民族工业先驱陈启沅、武术宗师黄飞鸿、晚清重臣戴鸿慈、中国铁路工程之父詹天佑等众多杰出人物，继而成为近代中国先驱的摇篮。

近年来，西樵山游客接待量快速增长，从2012年的72.35万人次增长到2015年的500万人次，4年时间增长了6倍。事实上，西樵镇不断提升节庆品牌内涵，丰富游客的岭南文旅体验。西樵山荣获中国体育旅游精品景区称号，西樵狮王争霸赛入选中国体育旅游十佳精品赛事，西樵山国际马拉松以亚洲体育行业年度最佳大型赛事金奖成为国内最具影响力的体育活动之一。经过多年的深耕，逐步打响了“黄飞鸿”狮王争霸赛、听音湖龙舟赛、西樵山国际马拉松、樵山文化节、翰林文化节、大仙诞文化节、渔耕粤韵桑蚕文化节等品牌活动。依托于大西樵山格局的西樵山旅游正逐步确立起“不上西樵山，不算到岭南”的地位。

绿色发展创建国家生态公园

西樵镇党委书记黄颂华表示，“西樵的发展竞争优势，一是环境，二是文旅”。为此在发展产业的思路上，西樵的态度很明确，就是坚持“不能为了发展经济牺牲环境”。

近几年来，西樵不断推动传统产业转型升级、节能减排，着重引入低耗能、高产能、高附加值的绿色环保高新企业，遵循环保指标、经济数据、完善产业链提升产业集聚三方面的高标准要求来引入企业。此外，西樵镇还出台了推进高新技术企业发展专项扶持奖励办法，大力培育高新技术企业。西樵创新集聚产业强镇雏形渐现，卫生用品行业等新型产业正逐步崛起，2017年，西樵成功摘得“中国妇婴卫生用纺织品示范基地”国字招牌。

“西樵拥有5A级景区，既要发展经济，也要保护环境。”黄颂华说，西樵要将5A级景区打造思维用于城市建设，全面提升城市生活品质。

目前，西樵镇以“创森”为契机，把国家生态公园创建作为镇委、镇政府的中心工作，着力打造出独具水林田湖风光、历史文化韵味深厚的大型国家生态公园，建设粤港澳大湾区水田湖生命共同体和谐共生的自然生态文明典范。拟建的佛山国家生态公园将以总面积过万亩的西樵山南桑基鱼塘湿地片区为主。

文旅融合创新“体育+旅游”产业

2017年12月15日，南粤古驿道•2017世界定向排位赛暨广东省定向联赛（南海•西樵山站）在佛山市南海区西樵山风景名胜区举行。来自法国、奥地利、澳大利亚、意大利、捷克共和国、瑞士、挪威、丹麦、新西兰、瑞典、立陶宛、马尔代夫、匈牙利、拉脱维亚、比利时、英国16个国家的外籍运动员与国内定向运动员同台竞技，共享定向体育的乐趣。

据悉，本站赛事由国际定向联合会、国家体育总局航空无线电模型运动管理中心、中国定向运动协会、广东省体育局、广东省住房和城乡建设厅、佛山市南海区文化体育局（旅游局）、佛山市南海区西樵镇人民政府共同主办。世界定向排位赛是通过国际定向联合会认可，符合国际级标准资格的世界公开性定向赛事。本次赛事再一次将世界的目光聚焦西樵。

西樵拥有深厚的历史文化和优美的生态环境，同时西樵适应新发展趋势，积极提出“体育+文化+旅游+城市”的产业发展新模式。西樵得天独

● 西樵山南门美景（资料图片）

厚的文化景观资源以及“文产融合”的“西樵经验”，则不断提升城市的文化价值和活力，让这座岭南文化小城不断为外界所熟知。从世界华人狮王争霸赛到西樵山国际超级马拉松，再到如今的世界定向排位赛，国际级大赛接二连三在西樵举办。

随着一系列顶级赛事的举行，西樵山着手申报国家体育产业（示范）基地。西樵山景区获评“2016中国体育旅游精品景区”，西樵山狮王争霸赛获评“2016中国体育旅游十佳精品赛事”，2017年西樵镇荣获国家住建部“第二批全国特色小镇”称号。如果西樵山能成功创建国家体育产业（示范）基地，在建设粤港澳大湾区、深化“一带一路”交流合作中，特色鲜明的南海·西樵体育产业将成为一张具有代表性的“中国名片”。

从一座山到最佳岭南文旅体验地

按照规划，岭南文旅小镇位于佛山市南海区西樵镇西樵山西北山麓，以听音湖片区为核心，规划总面积3.7平方公里。岭南文旅小镇计划总投资150多亿元，涉及90多个项目。

如今，听音湖片区逐步呈现“岭南文旅RBD”的发展格局。接下来，西樵镇将继续落实《西樵山优化升级三年行动计划》，整体提升西樵山文化旅游接待能力，包括引入精品主题酒店、精品演艺、民宿改造等项目，以及山上索道提升改造、公共停车设施建设、碧云宾馆提升为游客集中的核心接待区，加强山上餐饮、住宿配套建设。山下听音湖片区，作为岭南文化对外展示的窗口和岭南文化保护和传承的依托，将是建设的重中之重。

同时，不断完善西樵的交通配套设施，2016年，西樵镇开通了广州、佛山到西樵山的直达旅游专线，以及西樵山直达广州南站的旅游专线。规划中的广佛地铁二号线延长线将在西樵周边设置站点，广珠铁路也将在近期增建西樵客运站。佛开高速、广明高速、珠二环高速和佛山一环等四条高速公路环绕，便捷到达佛山西站、广州南站、广州白云机场、南沙港等多个轨道交通枢纽、港口、码头和机场。多维度的交通网络，使西樵2小时能畅达珠三角各重点城市和港澳地区。

“我们将加大旅游投入、完善旅游配套、夯实旅游基础、推进重点文旅项目落地，让西樵成为广东省短途旅游、岭南文化旅游的主要目的地。”黄颂华表示。

佛山市委常委、南海区委书记黄志豪表示，南海区将整合资源，把岭南文旅小镇打造成具有中国传统文化特色和全国影响力的城市品牌、产业品牌、人文品牌，成为粤港澳大湾区的品牌项目。

目前，粤港澳大湾区战略下，珠三角正在打造世界级智慧型城市群。随着“一带一路”倡议在全球引起越来越多共识，粤港澳大湾区有望成为中国传统文化尤其是岭南文化的输出窗口。

作为岭南文化发源地的西樵山，是粤港澳三地的文化之根，理应为粤港澳大湾区扛起湾区传统文化传承与发展的大旗。随着岭南文旅小镇的起航，西樵山这座粤港澳共同的精神家园将焕发新的生机。

□ 关蕴琪　张嘉宜

（2017年12月26日）

广州市从化区吕田镇莲麻小镇
贫困老区变身美丽小镇

【小镇名片】

莲麻小镇位于广东省广州市从化区吕田镇北部，归从化区管辖，村委会位于国道（G105）附近。莲麻村坐落在广州版图的最北点，北接韶关市的新丰县，东临惠州市的龙门县，是广州的北大门。该村由客家人迁居而成，形成于清朝，因村内的莲麻树得名，历来以农耕为主。

莲麻小镇是革命老区，也是粤北会战的重要战场。而莲麻村黄沙坑是东江纵队的主要活动区域，同时又是从化县第一任县委书记被任命的地方。黄沙坑革命旧址纪念馆，就位于莲麻村黄沙坑社老客家围屋内，它是重要的爱国主义教育基地和革命传统教育基地。

2017年10月8日傍晚，从化吕田镇莲麻小镇，游客等着北源之家民宿老板黄女士打包好冬蜜、茶叶，再走G105国道返程。映着落日，莲麻小镇送走国庆最后一批游客。

莲麻小镇地处广州北部，森林覆盖率达89%，环境宜人，但地理位置也制约了经济发展，且处于流溪河水源保护区内，不能做有损水源环境的破坏性开发。2015年，按照广州市委、市政府关于加快“特色小镇”建设的战略部署，广州将建设30个特色小镇，其中从化区要建设10个。2016年国庆，莲麻小镇作为广州首个特色小镇，率先对外迎客。

莲麻小镇通过打造特色小镇建设的平台，从指导思想、动能培育、乡村建设、基层治理、基层党建等几个方面发力。2016年，莲麻小镇集体收入达到51万元，比增118.9%，农民人均收入达到20610元，比增74.6%。2017年，莲麻村被住建部评为“全国环境整治示范村”，这个昔日的贫困小镇焕发出勃勃生机，村居环境和村民主动参与美丽小镇建设的积极性大大提升。

莲麻小镇引八方来客

广州地界的最北端，流溪河源头四面环山，满眼苍翠，从化莲麻小镇依山水而建。

吕田大肉、山坑鱼、石磨豆腐、吕田土鸡……大挞小农家乐民宿老板潘光标给客人张罗了一桌子农家菜。国庆假期，潘光标的生意红火。“六间客房都住满了。”潘光标喊了儿子、女儿帮忙，又请了两个帮工，但还是忙不过来。

2017年的国庆假期，莲麻小镇八方来客，游客接待量高达6万人次。2017年全村人均收入达到3万元。

从2013年7月开始，莲麻被纳入广州市农村扶贫工作范围。莲麻小镇的贫困现象虽然得到了一定程度的缓解，但村集体经济出路不多、村民就业渠道狭窄、可持续发展能力不强等问题始终未解决，扶贫成果的巩固面临较大压力。

从2015年底开始，广州市从化区实施特色小镇发展战略，以绿色旅游为特色的莲麻小镇进入发展快车道，村民尝到了甜头。

潘细妹的民宿地势高，天黑下来，仿佛手可摘星辰，“镇上的文化人来住了一晚，给取名‘望星楼’”。国庆黄金周期间客房爆满，潘细妹寻思着，回乡创业的决定是对了。

2016年初，潘细妹回老家发现村容村貌正在悄然改变，土路铺上沥青，乡道拓宽到7米，村里有了固定的垃圾存放点，蜿蜒的千年古驿道整饬一新。

在村党支部书记潘安娜的劝说下，潘细妹决定回乡创业。2016年，潘细妹的民宿收入20多万元，家里还买了新车，日子越过越红火。眼下，潘细妹的几兄弟纷纷修缮老房子，打算回老家做民宿生意。

“得知特色小镇发展红火，越来越多的年轻人返村寻求商机。”潘安娜告诉记者。

特色小镇有序发展

“水是酒之血，曲是酒之骨。”得知家乡的老师傅肯传授做酒曲的手艺，白杰鹏2014年辞掉了佛山的工作回到莲麻，接手了父亲的酒铺。

莲麻小镇自古有酒文化传统。“谁家蒸酒，酒香会窜一巷子。”在白杰鹏的记忆里，莲麻人爱自己酿酒，因地处流溪河源头，山泉清凉甘甜，酿出的酒入口醇正、绵甜爽滑。

莲麻酒香，但经营规模小，如何拓宽销路成了白杰鹏发愁的问题。2015年，莲麻小镇把酒类产业作为支柱产业打造。经过招商引资，莲麻酒业公司成立，吕田镇人杨斌看中了莲麻的酒业市场，投资超千万元。

莲麻酒业作为首批进驻莲麻小镇的企业，率先引进酿酒设备，提供技术培训，建立起莲麻头酒的品质和标准，还成立了百家酒坊，采用“分散制作、集中管理、质量监控”的方式，与当地酒铺合作经营。

经过筛选，白杰鹏的酒铺获得了进驻百家酒坊的资格。灰瓦、泥墙的“泥砖房”现在是白杰鹏的工作场地。“泥砖房温差小，更有利于酿酒。”白杰鹏坦言，不仅生产条件好了，借助莲麻酒业的销售平台，酒铺销量一年提高了三成。

按照当地政府部门的规划，将引入电商销售模式，莲麻的酒香将会飘得更远。

“引进项目并不意味着大拆大建，要能留住‘乡愁’。”吕田镇党委书记孙石康介绍，小镇建设之初，邀请了广东乡村建设院的专家、国内乡

小镇炊烟（陆汝妹摄）

村旅游设计师打磨“莲麻小镇”规划方案，以期保留原汁原味的乡村传统特色。

2016年，广州华夏职业学院租赁改造乡间民宿华夏莲舍，保留了传统客家围屋泥砖墙、灰瓦面的建筑特点，如今民宿已成莲麻小镇“网红”。

随着莲麻小镇经营项目增多，规范经营管理尤显重要。如今，村里的民宿和农家乐，采取“政府+村集体+农户”的合作模式来打造，由村集体筹建的公司进行统一规划管理，避免无序发展和恶性竞争。

莲麻小镇建设过程中，政府开通旅游公交、银行网点、光纤网络，引进电商网点、文化农家、南方医科大学第五附属医院卫生站等项目提升公共服务水平。

目前，莲麻村开设了特色民宿、酒馆酒铺、头酒作坊、手炒茶铺以及豆腐坊等特色店铺达83家。

莲麻小镇仍在不断注入新的生机和活力。禧农业公司酒厂酒窖、四面田农业公司和竹庄农业公司花海、香港企业投资的音乐谷项目陆续引进。同时，鼓励企业招聘本地村民，拓宽村民就地创业就业的渠道。莲麻小镇向“农业强、农村美、农民富”的目标又迈进了一步。

为特色小镇建设凝心聚力

短短两年，莲麻小镇发生了如此大的变化，离不开基层党组织建设和基层治理的完善。

2015年底，莲麻村召开特色小镇建设动员大会，听取特色小镇发展思路，村里几个党员主动积极带头，搞起民宿，成了村里第一批“吃螃蟹”的人。

潘安娜就是其中之一。她凿开自己家的围墙，改造自家民居，开门迎客，成为村里最早的民宿试点。“民宿刚开，来吃饭的客人就排队等了几桌。”潘安娜嗅到了市场前景，开始组织党员动员村民加入特色小镇建设，而她和老支书等人喝到“头啖汤”的现身说法，很好地发挥了“先富带后富”的带动作用。该村发动45名党员联系群众，记录每户村民的具体情况，一户一策、精准帮扶，争取让村民都搭上特色小镇建设发展的快车。

小镇的可持续发展，离不开群众的积极主动参与。该镇创新基层治理模式，以村民“共建共治共享”为目标，通过线上、线下议事平台的搭建，使村民参与度不断提高，特色小镇建设获得源源不断的内生动力。

“村民的事情，自己讨论，自己决定。”吕田镇莲麻村党支部第一书记郑强说，在特色小镇建设过程中，村民法治议事大厅的民主议事功能得到了充分发挥。从2015年开始，《莲麻村规民约》《莲麻村人居环境治理村民家庭内部卫生评比奖励办法》等制度相继出台，旨在协调个体利益和集体利益的矛盾。

“黄沙坑绿道有一处塌方，建议及时清理。”8月3日一早，莲麻村村民潘师傅看到路边有一处小塌方，拍照上传到了“仁里集”网络平台。当天，潘师傅就收到了村委的回复“已经派人处理塌方地点”。

“‘仁里集’是基层治理智能云平台，每个村民都是村里的管理员。”孙石康说。从化区打造集党务政务村务信息公开、网上办事、公共服务、农村电商于一体的“仁里集”基层治理智能云平台，把该项工作作为区委书记2016年度基层党建“书记项目”抓好抓实。

村务项目上了网，就算村民在国外打工，动动手指，家里的事就知道了。“‘仁里集’的推广运用是党员联系群众工作的典范。”孙石康说。

截至目前，莲麻村在“仁里集”上的注册用户已达1401人，基本实现了“家家在网中，户户见干部”的乡村治理新格局。

除了村民参与，游客也可以通过“仁里集”享受服务。点开“仁里集”中“我要买卖”栏目，可见农家乐、民宿、餐饮几类购买需求。目前，从化遴选出12条行政村作为“仁里集”使用试点，以农村党建工作为龙头，以农村基层治理建设为主线，以基层治理大数据库为支撑，以现代互联网技术为载体，创建有利于促进农村基层治理体系和治理能力现代化的工作平台。

【对话】

吕田镇党委书记孙石康：莲麻小镇建设要抓好“四条线”

南方日报：从化莲麻小镇有何特色？

孙石康：莲麻村坐落在广州版图的最北端，北接韶关市的新丰县，东临惠州市的龙门县，是广州的北大门。2015年底，大广高速从莲麻村南侧通过，莲麻正式融入广州“1小时生活圈”。

莲麻小镇位于流溪河北源头，有千年古驿道、客家围龙屋、东江纵队遗址等自然人文景观。目前，以艺术创作、酒文化、土作坊等为主题的“莲麻小镇”已具雏形，道路桥梁等基础设施、千年古道、绿道等旅游配套设施已基本完成，引进企业建设的豆腐作坊、酒作坊、大学生艺术旅馆等一批项目也正在加快推进。

“开轩面场圃，把酒话桑麻”，莲麻小镇正在打造这样一幅悠然的田园小镇风光。

南方日报：莲麻村从一个贫困老区变身为美丽小镇，有何建设经验？

孙石康：一是要保护好绿水青山的生态环境，这是特色小镇发展的底线，因为它是在生态功能区推动生态价值创新实践的基础条件。二是要围绕小镇主题实现建设规划和产业规划的有机融合，这是特色小镇发展的生命线。借助产城融合的概念，对特色小镇而言就是要做到产镇融合。小镇一定要有突出的主题，才能在基础设施建设、产业植入和公共空间设计等方面集中发力、以特取胜，把专业的、细分的旅游市场做专做精，做成知名品牌。三是要以实现村民共建共治共享为目标深入开展群众路线工作，这是特色小镇发展的活力线。莲麻特色小镇经济基础薄弱，特色小镇建设聚焦的核心，归根到底还是贫困地区人的发展问题；四是要全面加强基层党建工作确保基层党组织具有坚强的核心领导能力，这是特色小镇发展的主导线。

□ 李业珅　朱伟良　孙国英

（2017年10月12日）

肇庆鼎湖区凤凰镇
守住生态底线　开发“绿色银行”

【小镇名片】

凤凰镇，位于肇庆市鼎湖区西北部，地处岭南四大名山之一鼎湖山的东北面，是鼎湖区唯一的山区镇。全镇总面积145平方公里，其中山地127平方公里，辖9个村委会1个居委会，94个村民小组，总人口1.18万人。

凤凰镇山区与鼎湖山一脉相承，自然生态优美，有九龙湖、黄金沟、藏龙沟等众多景点。凤凰镇依托丰富的森林资源和客家文化特色，确立旅游发展新定位，着力打造“望得见蓝天白云、看得见青山绿水、记得住客家乡愁”的特色小镇。

凤凰镇先后被评为广东省旅游技术创新专业镇、广东省旅游特色镇、广东美食旅游之乡、广东省旅游特色创新专业镇。2017年初，凤凰镇被评为广东首批森林小镇示范镇，是全省12个示范点之一。2017年8月，凤凰镇入选全国第二批特色小镇。

“80多年了，从来没有住过院”，在肇庆凤凰镇白水寨一间客家土屋前，刚吃过午饭的黄灶兰拄着竹拐杖在门口散步。

这一天，她一如往常，不到6时就起来到自家茶园摘茶。虽年事已高，但黄婆婆精神矍铄，说起话来中气十足，“来的游客多了，家里的茶叶根本不愁销路”。

如今，越来越多的城里人来到凤凰镇度假，得天独厚的绿色生态，日益提升的配套环境，随着景点的陆续建设，凤凰镇的生态旅游业发展初具规模。

在凤凰镇党委书记谢海峰看来，这背后的原因并不复杂，保护传统特色文化，守护绿水青山，才能获得金山银山，“村民的生活越来越好，生态环境也得到很好的保护，相信这里的‘老寿星’会越来越多”。

长寿古村变旅游旺地

走进白水寨内，溪水绕山而淌，客家泥椿屋林立，数个标着“土金家”“金土家”的木制指示牌在路边十分抢眼。

“别看山路陡峭，八九十岁的老人登山可不输年轻人。”良田村村主任张啟平说，这里的老人作息规律，村民饮食简单，蔬菜自己种，喝的是纯天然的山泉水，“山好水好空气好，老人心情也舒畅”。

在良田村白水寨十余户人家中，80岁以上的老人就有5位。这个海拔400多米的小山村，是远近闻名的“长寿乡”。

“环境是用钱都买不到的。”65岁的林土金，在外出务工20多年后，重回白水寨做起了农家乐生意。林土金说，近几年，到访的游客越来越多。2016年，有游客到白水寨游玩，得知没有地方可住后，便劝说他开民宿。

游客的建议给了林土金启发，与家人商量后，林土金投入4万余元将自家40多年的客家特色泥椿屋进行了改造，建了村里第一家民宿，2017年春节过后开始对外营业。

民宿的生意不错，到了假期更加红火，这让林土金十分欣喜。看到生意越来越好，林土金嗅到商机，新买了40多个蜂箱养蜂。林土金估算，光是向游客出售蜂蜜，一年就可给他带来近10万元收入。

如今，依靠生态旅游发展，凤凰人正迎来新的机遇。

“游客就爱吃我们大铁锅做的农家菜，喝自家酿的山泉米酒。”在白水寨生活了60余年的温阿姨说，他们家也开起了农家乐。最近，她还投了10万余元，将自家房子改造成民宿，“现在，很多出去打工的本地人都想回来”。

吸引他们的，正是凤凰得天独厚的生态发展优势。总人口1.18万人的凤凰镇，森林覆盖率达90%，空气中负离子平均浓度达5万个/厘米^3，是名副其实的“天然氧吧”。

林土金认为，除了环境，近几年，基础设施的陆续完善，也是吸引游客前来的重要因素，“以往弯多路窄，从镇上到村里需要两三个小时。现在路修好了，半小时就够了”。

铁腕治污守住生态底线

在凤凰九龙湖景区内，刚刚下过雨的山间，薄雾缭绕，仿如仙境。华灯初上，清凉晚风吹拂湖畔，游客三五成群，漫步闲庭。

几年前，景区的风景并非如此。这个从1995年就开放的景区，承包了凤凰镇九坑河饮用水水源保护区的部分湖面经营使用权。“在水源保护区内，一共有73个自然村，一下雨，部分湖水发黑发臭，生活垃圾漂在湖面上，让人十分头疼。”景区负责人王辉说。

作为当地人民的“母亲河”，九坑河是肇庆市一级饮用水源保护地，也是鼎湖城区的生活和生产用水取水地、供给肇庆市城区的备用水源。王辉表示，由于生活垃圾、畜牧养殖对水源水质的污染十分严重，景区一年光人工成本就要投入15万余元去清理垃圾，而且成效甚微，“随着养殖规模不断扩大，污染还有越来越严重的趋势”。

如何保护青山绿水？从2016年9月起，凤凰镇开始全面实施禁养规定，将禁养区范围由原来区划定的库区周边扩展到全镇，投入约1900万元奖励金，全面清退生猪养殖场。

65岁的村民林伯依靠白水寨的自然环境，养起了蜂蜜，如今年收入达十多万元（肖雄摄）

凤凰镇党委副书记钟伟杰说，在刚开始推进这些工作时，确实有难度，“有些村民不理解，找到我们来投诉”。对此，区、镇、村都做了大量工作。钟伟杰说，镇政府不断给村民做思想工作，通过党员带头，工作很快就铺展推开，“为了青山绿水长存，从干部到村民都达成了共识，一定要保护好我们的环境”。

2016年10月，凤凰镇投入47.9万元，成为肇庆市第一个实现城乡垃圾环卫作业市场化运作的乡镇；2016年12月，总投资3亿元的九坑河饮用水水源地环境综合整治项目启动，对畜禽养殖、农村生活、旅游餐饮等废污水进行综合处理……截至目前，凤凰全镇共拆除栏舍505户，拆除面积达79290.25平方米。如今，镇内无一生猪养殖场，水质得到有效改善。

“湖水的能见度提高了，从原来的一米变成现在的三四米。”王辉欣慰地说，“我们常说，湖面就是门面，我们最希望看到的，就是水更绿、山更青。”“守住生态环保底线，加大环境保护力度。”谢海峰告诉记者，保护生态环境就是保护生产力，宁可发展速度慢一点，也要守住生态底线，“为子孙后辈留下可持续发展的‘绿色银行’”。

填补大健康产业市场空白

住的是客家传统土屋，走的是干净水泥路，良田村黄婆婆对如今家门口的变化赞不绝口，她拒绝了儿子让她搬到镇上住的邀请，“村里环境好、空气好，住这很舒服”。

留得住人，就有了发展的力量。实际上，生态的转变切实给凤凰镇带来经济的发展动力。过去几年，凤凰镇的游客人数不断上涨，2016年游客总量约为60万人次。

凤凰镇也渐渐成为肇庆乃至珠三角绿色发展的“名片”。近年来，该镇先后被评为广东省旅游技术创新专业镇、广东省旅游特色镇、广东美食旅游之乡、广东省旅游特色创新专业镇。2017年初，凤凰镇被评为广东首批森林小镇示范镇。

● 山水环绕的鼎湖区（肖雄摄）

基础设施的日益完善，更是给这张“名片”插上了腾飞的翅膀。“距离高铁站、城轨站10分钟，距离广州白云国际机场45分钟，凤凰是粤港澳大湾区建设中不可或缺的后花园……”曾带队到特色小镇评选现场答辩的肇庆市鼎湖区区委书记陈宇航告诉记者，对凤凰镇来说，特色小镇建设是提升生态发展能力的难得机遇，鼎湖区将举全区之力去打造。

陈宇航表示，凤凰镇将沿着“岭南养心长寿小镇”的定位来打造自身特色，着重开发引入相关产业，希望能尽早填补大健康产业市场空白。接下来，凤凰镇将和本地传统民俗文化结合，使小镇“活”起来。

【对话】

鼎湖区区委书记陈宇航：
让本地人在本地赚钱　特色小镇才有生命力

南方日报：作为经济发展并不十分宽裕的地区，为什么鼎湖区舍得投入，铁腕治污？

陈宇航：我们清楚知道，鼎湖区是靠“脸”吃饭的，我们的核心竞争力就是生态环境，所以在环境保护方面，我们会不遗余力。如果有一天，大家觉得这里变得脏乱差，这里也就失去了核心竞争力。凤凰镇紧挨着鼎湖山自然保护区，山体面积很大，但目前的开发率非常低。只有在严格保护的前提下适当开发，既可留住青山，又能带来金山。所以，在环境保护与开发方面，当我们没完全想清楚时就坚决不干，一旦想清楚了方向我们就会认真干拼命干。

南方日报：凤凰镇的特色小镇建设之路为何要定位为“岭南养心长寿小镇”？

陈宇航：凤凰镇拥有九龙湖、黄金沟等丰富生态旅游资源，目前已具有一定的市场影响力。此外，在前期调研中，我们发现凤凰镇的长寿老人比例，甚至比世界长寿乡之首广西巴马还高，目前已在申报世界长寿之乡。

南方日报：在特色小镇的建设和发展过程中，你觉得要处理好哪些问题？

陈宇航：凤凰镇建设特色小镇的难点在于转型升级和地块开发。一方面，凤凰镇的发展不能把本地居民赶走，要让凤凰镇“活”起来，需要在原有的基础之上转型升级，让本地人在本地就能赚钱，这样的特色小镇才有长久的生命力。另一方面，从地块角度来看，凤凰镇是山区镇，土地资源并不充沛，对此，我们将凤凰镇联动其他地块进行整体规划和开发。在重点地块开发上，着重推动本地文化资源与养心、长寿的相关产业深度融合发展。

□ 曹媛媛　汤凯锋　胡良光　马喜生　欧楚欣　李绍坚

（2017年8月18日）

茂名市高州市马贵镇
用高山草甸运动休闲IP打造生态名镇

【小镇名片】

位于高州市北部的马贵镇，是曹江河域的源头，镇内山清水秀、风光秀丽，拥有十分罕见的低纬度高山草甸资源和完好的生态系统。依托这一自然环境优势，“高州马贵高山草甸运动小镇”入选广东省特色小镇创建工作示范点。

摩天运动小镇位于高州市马贵镇周坑村和甘埇村两村村域，规划范围共计17.2平方公里。以乡村为本底，小镇通过将高山草甸与多个村庄连片发展，大力实施乡村振兴战略，打造一村一主题的休闲度假综合体。

小镇突出高山草甸珍贵资源，以休闲运动为主题，重点围绕高山运动、高山种植和高山度假三大产业环节，构建现代高山运动休闲产业新体系，建设“宜创、宜业、宜居、宜游、宜享”的小镇环境和配套设施。

位于茂名高州市北部的马贵镇，东临阳春，北接信宜，位于三市交界地带，是曹江河域的源头。镇内山清水秀、风光秀丽，被誉为人间的净土天堂，世外的美景桃源。

依托丰富的景观资源和摩天运动小镇项目建设的推进，2017年8月29日，广东省发展改革委公布了特色小镇创建工作示范点名单，茂名市“高州马贵高山草甸运动小镇”入选省特色小镇创建工作示范点。

未来，高山草甸运动小镇将建立完善的创新创业服务支撑体系，构建宜居便民开放共享的服务体系，打造成为产业特色鲜明、生态环境宜人的省内一流特色小镇，全国知名、岭南首选的高山草甸运动休闲胜地。

罕见自然资源　孕育高山产业新体系

每逢春夏雨季，位于高州市马贵镇的万寿山云雾锁峦，仿佛被盖上了棉被一般，因此又被称为棉被顶。

棉被顶被称为“粤西第二峰”，拥有十分罕见的低纬度高山草甸资源和完好的生态系统，其植被主要是冷中生的多年生草本植物，常伴生中生的多年生杂类草，不仅景色纯净秀美，更是广东难得一见的景观。

“摩天运动小镇的准确定位将马贵镇的自然资源禀赋充分转化为项目优势与核心竞争力，所以入选了首批广东省特色小镇创建工作示范点。”马贵镇党委书记潘跃说。

产业是特色小镇的生命力，而特色又是产业的核心竞争力。马贵镇曾先后获得广东省林业先进镇、广东省教育强镇、高州市林业生态发展重点镇等荣誉称号，摩天运动小镇将以重点建设特色农业、乡村旅游和户外运动产业为目标，同时根据独特的高原气候，大力发展高山避暑和健康产业。

随着户外消费向国际化和专业化进阶、户外装备轻量化概念广受推崇以及智能化引领户外运动新风尚，依托得天独厚且保育良好的高山草甸，马贵摩天运动小镇计划引入系列山地运动赛事，打造国家级休闲运动基地，并积极培育发展专业化、智能化户外运动装备产业，构建完整的高山运动全产业链，配套发展高山度假产业。

户外运动装备产业的发展，将打造出以山地户外为特色的运动装备营销、博览、研发、制造等产业集群，与高州市现有的产业发展形成互动。

根据规划，马贵镇将重点围绕高山特色资源，依托现有产业发展基础，整体构建出生态型、高端化和精致化现代高山产业新体系。

深挖文化特性　打造4A以上景区

有专家认为，特色小镇赖以生存的基础，是大自然的山水和空气，以及山水、空气衍生出的生态产业。唯有融合当地资源与文化风貌，特色小镇才能建设出一个美丽的乡村。

马贵摩天运动小镇的建设，一开始就瞄准了4A级以上景区的标准，善用优质高山生态环境，完善旅游度假功能配套，使小镇的旅游项目与休闲交往空间融为一体，实现生产、生活、休闲的一体化。

小镇内，将发展集观赏和食用于一体的高山番薯、百香果、木瓜、水稻、黄花菜、云雾茶等特色有机种植，以及函仔鱼、马和山羊等特色养殖，打造高山茶谷、矮脚马主题园等景观；积极引进和推广有机农产品生产技术，打造高山保健系列农产品，加快建立保健农产品营销网络，重点发展小镇特色农产品电商和冷链物流，打响摩天运动小镇高山保健品的品牌；同时弘扬躬耕乐道，围绕高山保健农业，发展农事体验、高山养生等健康产业。

马贵镇着力抓好历史文化资源保护和开发利用，依托杨公文化、马贵土牛舞等特色文化和民俗文化品牌，吸引艺术家到小镇旅居创作，打造艺术聚落。在原生态的自然环境中，小镇打造出多种可让游客深度体验的手工艺作坊，利用天然的森林资源，打造竹编、草木染、干花首饰制作等手工艺品制作体验中心，建设亲子户外基地，配套建设户外教育、夏令营、儿童手工创意中心，面向家庭周末及节假日旅游市场，大力提升度假享受品质。

"三生融合"实现城乡共享发展

作为一个现代的特色小镇，单纯拥有"颜值"是不够的，还讲求生产、生活、生态的融合发展。与产业园以产业为主体相比，特色小镇更像

马贵镇将把自然资源禀赋转化为项目优势（李俊摄）

是产业与新型城镇化有机结合的产物，协调该区域居住环境、基础服务、产业发展的功能。

马贵镇以生活、生产、生态“三生融合”为核心，突出高山草甸珍贵资源的优势，运用绿道规划的空间构建手法，构建摩天运动小镇特色化、趣味性的空间形态。在小镇3.6平方公里的总建设用地面积中，工业及物流仓储用地面积仅占到总体的28%，22%为生态绿地面积。

在摩天运动小镇建设初期，马贵镇将于小镇主入口优质资源集聚地区先行建设小镇客厅，作为摩天运动小镇综合规划展示大厅、招商与投融资服务中心、小镇综合公共服务中心、会议会展中心和餐饮住宿接待中心，并配套建设集中展示高山保健品、高山度假酒店和高山运动的小镇特色展示馆，以及高山文化馆、小镇图书馆、小镇医院等公共服务设施。

按照“服务小镇、城乡共享”的原则，摩天运动小镇将打造“宜创、宜业、宜居、宜游、宜享”的小镇环境和配套设施，高标准推进智慧低碳的基础设施建设，通过完善学校、文化馆等公共服务配套设施，建设多元化高品质的公共服务体系，结合绿色生态环境以及高山运动、高山度假等发展主题。

通过建立以人为本、层次清晰、布局均衡、水平适度、方便高效的公共服务体系，将为小镇乃至全马贵居民提供更加便捷、更高质量的公共服务，推动美丽乡村建设和城镇化发展，又带动周边群众脱贫奔康。

【重点项目】

重点项目依托马贵“高山草甸”特色资源，打造特色旅游，强化摩天品牌。引进高山牛、羊打造高山牧场，发展草原牧歌休闲体验。

下水尾美丽乡村

下水尾村是目前所有村庄中居住的原住民最多的一个村庄，公司通过给每户找到一种经营业态，对闲置房屋进行功能重置，植入休闲餐饮、艺术体验、艺术创作、特色小吃、民宿等业态帮助村民在当地就业。

自驾车房车营地

取高山草甸地势相对平缓地打造自驾车房车营地，该项目已入选国家“十三五”规划项目。

帐篷酒店

建设高山露营区，建设特色别致的帐篷酒店，满足游客趣味性与观赏性兼具的住宿需求。

山地马拉松

组织开展摩天运动小镇山地马拉松活动，发展并打响小镇高山特色长跑运动品牌，吸引更多山地运动和长跑爱好者参与。

矮脚马主题园

引进性格温顺、外形亲和的矮脚马，针对儿童和骑马初学者打造矮脚马主题体验乐园。

登山活动

积极发展以登山为主要内容的山地户外运动，打造山地户外运动休闲体验基地。

□ 陈彧　顾大炜　甘军亮

（2017年12月26日）

贰

特·产业之镇

东莞市横沥镇

协同创新　振兴实体经济

【小镇名片】

横沥镇位于东莞市东部，毗邻松山湖（生态园），全镇总面积44.67平方公里，常住人口20.39万，户籍4万人，下辖16个村和1个社区。横沥镇制造业发达，全镇现有外资企业450余家、内资企业5900余家，产业涵盖模具、五金、电子、食品等行业。横沥镇以模具为主导产业，先后获得“广东省模具制造专业镇”“中国模具制造名镇”等称号，是东莞8个重大产业集聚区之一。2012年，横沥镇成立产业协同创新中心，推进产业与科技、金融和人才“三融合”，打造协同创新园、模具产业孵化器、金融综合服务一体化平台、模具技术培训学院等创新载体，致力于由模具名镇向模具强镇跨越。目前，全镇规模以上模具企业47家，2016年全镇模具产值达118亿元。

在东莞横沥镇北环路的牛庄中，藏着一座朴素的“牛行展示馆”，展示馆后面便是著名的横沥牛墟。这里依旧保留着400余年前的交易传统，几乎每天会有20多个省份的牛汇聚于此。几经变迁，横沥“牛墟”的日交易量逐步增加，成为见证横沥商贸繁荣历史的“活化石”。如今在横沥，比“牛经济”更牛的还有模具产业。

2008年金融危机后，作为“世界工厂”的东莞，随着劳动力红利的消退，比较成本优势的丧失，欧美等海外市场需求的疲软，传统制造业没有品牌和技术的短板显露无遗，东莞各镇传统产业的转型升级迫在眉睫。横沥也不例外。

近5年，横沥镇根据自身特色，整合高校科研资源，建立覆盖模具全产业链平台体系，走出一条传统产业集群协同创新的路子。在外贸出口型企业普遍面临下行压力的情况下，横沥镇的模具产业以及其他产业却是逆势上扬。数据显示，2012年以来，横沥镇模具行业产值保持年增长20%以上，由2011年的46亿元增加到2016年的118亿元。横沥的协同创新之路，为东莞乃至广东省专业镇转型升级提供了有益的借鉴。

科技助力　模具名镇转型升级

6月的天气骄阳似火，东莞市天倬模具有限公司厂房内的汽车配件模具车间，工人们正干得热火朝天。这些工件制作完成后，大部分将被送往德国大众汽车的生产车间。

天倬模具2010年从深圳搬迁至横沥模具产业园，企业的发展逆势上扬，产值连年增加。由于在汽车配件模具制造中优势明显，天倬模具90%的订单来自海外，其中德国大众汽车的订单占了大部分。“汽车的任何配件模具我们都可以制造。”天倬模具总经理曹文说。2016年，天倬的产值突破8000万元。2017年初，天倬模具成为东莞市“倍增计划”的试点企业。“倍增计划”就是要用3—5年时间，扶持一批企业实现规模和效益的倍增。

在横沥，很多像天倬这样的传统模具制造企业，正焕发出勃勃生机。当地模具企业产销畅旺、增资扩产、充满信心，不少外地模具企业争相落户横沥。“我们也有甜蜜的烦恼，很多企业都在问我们，什么时候可以进来，但土地确实紧张，只能婉拒这些企业。”东莞市横沥镇党委书记何植尧说。

“甜蜜的烦恼”背后，是横沥镇模具业转型升级的非凡历程。横沥的模具制造业起步于20世纪90年代，搭着国际制造业转移的“便车”，经过近20年的发展，拥有上千家模具企业。包括横沥镇在内的珠三角模具产业，占据了全国模具产量的半壁江山。在取得发展、数据风光的背后，彼时国内外模具产业格局正在发生深刻变化。

2008年世界金融危机后，外贸出口型企业普遍面临订单减少、经济下行压力。国内外因素都使模具产业转型升级迫在眉睫。从国内看，重庆、成都、苏州、大连等地纷纷大力扶持模具产业，竞争加剧；从国际看，欧洲模具设计制造水平不断提升，全球58%的模具由德国等西欧国家生产，亚洲市场、中国市场被不断挤压，这些情况波及横沥模具产业。

面对传统的发展模式难以为继，追兵渐近、标兵渐远的严峻形势，横沥镇既不可轻言产业转移、另起炉灶，也不可一哄而上追逐新兴产业，而是做出了“‘搭便车’时代已结束，‘买车票’时代已来临”的判断，决定大刀阔斧、扎扎实实开展产业集群协同创新。

党的十八大以来，广东坚定不移实施创新驱动发展战略，破解传统产业转型升级难题。其中，让产业与科研力量结合，提高科研成果的转化率，成为让创新成果落地的有效举措。

横沥镇党委委员王永权告诉记者，2012年3月，东莞市提出要依托高校科研和人才，助力东莞产业转型。当年6月到10月，横沥镇领导率队先后拜访了上海交通大学、上海市教育委员会科技发展中心、广东工业大学、东莞华中科技大学制造工程研究院等高校院所，寻求合作。“经过5个多月的筹建，‘协同创新中心’于2012年11月29日正式挂牌成立。”王永权说。

横沥协同创新中心副主任吴国洪介绍，五年来，在协同创新中心的引导下，横沥模具企业创新能力得到提升。横沥从一个低端的塑料玩具模具镇转型升级为汽车等高端工业产品模具镇。此外，横沥模具扩大产业链，延伸到智能手机、电子设备制造等先进技术领域。

横沥模具产值不但连续五年保持增长，工商登记模具企业数也由2011年的363家，增加到2016年的1257家，规模以上模具企业从13家增加到81家。五年间，年产值5000万元以上的模具企业由8家增加到34家，成为横沥乃至东莞实体经济振兴发展的亮色之一。

政府当“红娘”　打破校企隔阂

万事开头难。作为一个基层小镇的协同创新中心，要获得高校和企业的双重认可并不容易。“不少高校在级别上比我们高得多，之前和他们合作的都是省级单位。”何植尧回忆，起初有些高校科研团队对横沥镇的实力有些担心，并没有表现出多大兴趣。为此，镇里专门邀请高校教授们来横沥走访企业，实地了解模具产业的基础。高校教授们在和企业的直接交流中，也看到了科研技术在横沥企业落地的前景，决定合作。

类似的认同问题，也发生在企业身上。作为创新主角，很多企业却对创新中心充满顾虑。上海交通大学的梅琼风博士和团队就吃了不少闭门羹。2013年5月开始，梅琼风博士常驻横沥，联系一些企业探讨合作。“有些企业甚至把我们的电话号码列入骚扰电话。”梅琼风说。

天倬模具就是其中之一。2016年底，为了打消企业顾虑，横沥镇相关领导专门带着天倬模具的管理层前往武汉、沈阳等地，参观北京航天智造

● 横沥创意产业园（胡国球摄）

科技发展有限公司已经建成的智能制造设备。此后，镇政府又召集中山大学、东莞理工大学等高校教授，到天倬模具进行可行性评估。“这打消了我们的顾虑，接受了自动化转型这个方向！”曹文坦言。

2017年4月份，天倬模具的评估结束，智能车间方案正式通过，预计年底就可以建成，成为全国第一个大型模具生产的自动化车间，实现大型模具生产从手工、半手工半自动到全自动化的转变。曹文对这套装备了“模具智慧制造系统”的智能车间充满信心。“建成后可以做到熄灯作业，不需要工人监控仪器，所有的操作都可以在总控室观察，通过系统来指挥。”他预计，这套系统投入生产后，至少可以比现在节省3/4的人力，实现产值翻番，提前完成倍增计划。

经过两年多的实践，梅琼风等科研团队得到了企业的信任。协同创新中心作为连接校企的桥梁作用，也日益得到企业的认可。

“企业很想去找高校帮忙解决一些技术上的问题，但是企业本身去找高校难度很大，政府知道企业这种困难，所以搭建了一个平台。简单的比喻是，相当于一个婚姻介绍所，一个红娘的作用，给企业一个平台去找高校。”何植尧认为，帮助企业就是帮助横沥镇自身，企业发展得好，小镇发展才能受益。

2016年以来，在协同创新中心的引导下，横沥镇将模具产业从线下发展到线上，依托航天云网领先的国内互联网平台，搭建横沥模具产业云专区。“我带着协同创新中心、科技办、企业负责人等十几人去拜访北京航天科工集团，他们对横沥模具很感兴趣，马上帮我们做航天云网，开了横沥模具专区。”何植尧形容，云专区相当于一个“工业阿里巴巴”，国内外模具需求都可以在云专区寻求解决方案。

有了协同创新中心这个“火车头”，横沥镇的产业服务配套日益完善。2016年由横沥镇牵头申报的“东莞横沥镇模具产业协同创新体系的建设与实践”项目荣获广东省科学技术特等奖。

弯道超车　创新体系成产业引擎

横沥协同创新中心的服务半径正不断扩大，覆盖智能照明、3D打印、新材料开发等新兴产业。

走进东莞擎洲光电科技有限公司的样本房，柔和的黄色灯光带给人舒适的感觉。“这些都是我们配光过的，做了一个照明方案。”擎洲光电董事长方静介绍，这是擎洲光电即将向市场推出的健康照明项目。

健康照明是国际上兴起的一个前沿产业领域，主要研究光源对人的情绪影响。在一定空间内安装特定的光源，“让人想吵架也吵不起来”。方静说。擎洲光电原本是一家传统的LED灯制造企业，经历了从代工向自主品牌，再向产业平台两次转型。“我们开始思索转型升级，但遇到很大的挫败感，一直想转型转不过去。就像弯道超车没有油，就是踩不到那个点上。”方静坦言。

在协同创新的启发下，擎洲光电找到了转型的发动机。2015年，擎洲光电思索做健康照明，但企业既没有相应的资源，也缺乏将科研成果转化落地的能力。“我们在网上搜到了同济大学一个教授，他是这方面的权威专家，但一直联系不上。”方静回忆，2015年10月，他们向协同创新中心提出这个需求后，12个小时之内就收到回复：“可以去拜访教授！”

双方对接，一拍即合。擎洲光电与同济大学合作成立智能生物光电研究院，谋划通过跨界科技应用创新，用20年时间完成100个智能生物光电项目的孵化，打造成一个专业领先、资源密集、规模化、产业化、资本化的智能生物光电应用运营及众创平台。

横沥还与东莞理工学院合作，共建模具产业3D打印技术服务中心，促成东莞3D打印技术产业联盟落户。电子商务、新材料研发、3D打印等新业态、新技术、新模式、新产品，共同构筑了横沥镇的创新体系。

不止国内科研院校，协同创新中心甚至帮企业对接上了国外科研专家。“它比不锈钢轻，又比不锈钢硬，是未来具有革命性影响的新材料。”在东莞台一盈拓科技股份有限公司，企业负责人向记者展示了公司近年着力研发的产品——液态金属。

正是依托协同创新中心的牵线，企业找到了液态金属之父、世界知名材料科学家阿塔坎•派克（Atakan Peker），为企业提供技术指导。下一步，企业将利用液态金属高强度、高弹力、耐腐蚀等特点，重点开发智能手表等市场。

打通科研与产业的通道，东莞很多传统产业实现“凤凰涅槃”，尤其是近年来，以机器人为代表的“东莞智造”，又逐渐登上国际舞台。今天的横沥，从单一的模具生产到全产业链条，从“自然生产”到内育外引，从创新集聚的量变到质变再到裂变，横沥产业实现了“凤凰涅槃”，实体经济正焕发勃勃生机。

横沥之变，正是东莞乃至广东“稳增长、换动力、优结构”的一个样本。

【对话】

东莞市横沥镇党委书记何植尧：高校与基层小镇合作科研成果可直接转化

南方日报：横沥作为一个传统工业小镇，如何与上海交通大学等高等院校的科研力量对接上？

何植尧：高校有科研资源，以往合作的都是省一级的单位。但是具体到落地执行，往往要经过很长的路径。选择与基层小镇合作，可以直接转化他们的科研成果到企业，一步到位。而且横沥镇具备完善的模具产业体系，模具产业发展良好，高校对我们也很感兴趣。

南方日报：横沥从传统工业镇迈向科技创新，是靠什么带动的？转型的力量来自哪里，是企业自身还是政府引导？

何植尧：政府的引导和企业的需求都有，当然政府的引导是因为资源有限，不能无限扩大厂房、建设用地。更多的是企业的自主意识。企业很想去找高校帮忙解决一些技术上的问题，但是企业本身去找高校难度很大，我们政府知道企业这种困难，所以搭建了一个平台，帮助企业对接高校资源。

南方日报：协同创新中心与高校之间产学研对接是如何操作的？

何植尧：我们实行互派模式。高校会派驻一些人员到协同创新中心，了解到企业有什么需求，他们有什么具体项目也就带过来。而我们也派一些工作人员去高校，一来是可以直接跟进我们的合作项目，观察进度；二来可以了解高校最新的科研方向，有哪些是可以服务企业的。

南方日报：接下来，横沥将如何完善协同创新体系？

何植尧：横沥镇将切实按照省委对东莞“打造广深科技创新走廊”“珠三角国家自主创新示范区建设”等发展要求，以及市委提出的“努力打造东莞科技创新升级版”的指引，加强产学研合作和协同创新，继续推进与高校院所的合作，大力构建政产学研合作的协同创新服务平台，推动产业转型升级和高端发展。

接下来我们要做好三方面工作。一是进一步完善产学研对接机制。二是进一步扩大协同创新中心服务产业的范围，不光是模具产业，包括横沥的智能手机、电子、智能照明、新型建筑材料等，这几年发展都比较好，具备成长性。三是和港澳台、国外的科研机构合作。我们打算派工作人员去香港产业发展中心培训学习。

另外，我们计划通过国家模具协会跟国外的模具协会合作，欧美国家的模具技术历史较长。我们2016年在西班牙等地了解到，他们那边有一些小型的家族企业，在模具方面做得很精细，但是面临着传承问题。所以我们希望能够收购一些比较成熟的、技术比较领先的企业。

□ 邓强　汤凯锋　孙国英

（2017年7月28日）

中山市古镇镇
释放灯饰专利保护的强大信号

【小镇名片】

依托灯饰产业优势和有力的知识产权保护，位于孙中山故里中山市的古镇镇成功入选全国首批特色小镇。被誉为“中国灯饰之都”的古镇，地处中山、江门、佛山市（顺德区）三市的交会处，毗邻港澳。

2011年，古镇在全国率先建立了首家针对单一行业的知识产权快速维权中心，走出了灯饰外观设计快速维权的“古镇模式”。创新设计为核心竞争力，加上知识产权的维护，让古镇形成了覆盖周边3市11镇区的灯饰产业集群，成为国内最大的灯饰专业生产基地和批发市场，也是世界性灯饰专业市场之一。

2016年，古镇灯饰业总产值达190.3亿元，出口总额3.7亿美元。目前古镇灯饰不仅占到全国市场份额的70%以上，更出口到东南亚、日本、美国及欧洲等130多个国家和地区。

经世界知识产权组织立项调研，“工业品外观设计保护古镇模式”将在近期向全球发布，讲述中国知识产权保护的“古镇故事”。

“近年来，中山灯饰行业知识产权保护迈出重要一步的表现，也是在专利保护下，古镇灯饰继续以创新赢得全球市场尊重的体现。”古镇镇党委书记刘建辉告诉记者。

在改革开放的发展潮流中，古镇人凭着“提灯走天下”的勇气，引领了覆盖周边3市11镇区的灯饰产业集群。2011年，中山在全国率先建立首家针对灯饰行业的知识产权快速维权中心，探索知识产权的快速维权模式。6年来，知识产权保护激发了市场的创新热情，灯饰企业加速从“加工制造”向“文化创造”转变。

2016年公布的全国首批127个中国特色小镇名单中，古镇名列其中。如今，古镇正发扬灯饰的文化属性，为产业和城市注入更多的文化内涵。

不吃低端“蛋糕”的灯饰革新

北京奥运会鸟巢闪耀的灯光、杭州G20峰会会场璀璨的光芒……每当提起这些大型活动，古镇人总会感到自豪，因为其中很多灯饰都出自古镇人之手。

华艺灯饰就是其中之一。近年来，华艺灯饰加大研发投入，与清华大学、中山大学开展产学研合作，在业内率先尝试LED光源的应用。

杭州G20峰会场馆改造时，项目的灯光设计师发现，新闻中心综合服

● 璀璨灯都（梁悦华摄）

务区的灯光设计是按大面积会展区设计的，没法满足媒体公共工作区的照明度要求。凭借之前为国家博物馆提供照明的技术和经验，华艺灯饰通过竞标成功拿下了改造工程，将现场一半的400瓦金卤灯换为400瓦LED灯具，通过技术实现了设计师定制化要求的照明度、灯光还原性、节能性等。

作为最早的古镇灯饰人之一，华艺灯饰的董事长区炳文，人称“文叔”，已经把大部分工作交给了年轻人，但对创新和设计仍紧抓不放。

一根电线、一条弯管、一个灯泡和灯座，经拼装就变成了一盏简易的台灯。20世纪80年代，“三来一补”加工企业在广东兴起，中山市古镇镇涌现了一大批灯饰生产厂，并逐渐形成灯饰专业镇。

“最早的时候整个行业都在抄，但抄是抄不出大品牌的。”作为一名土生土长的古镇人，文叔对灯饰行业的发展感受颇深。他清楚地记得，十几年前，北京、上海等地的五星级酒店和高端场所用的灯饰大都是国外的品牌，而国内的品牌只能吃到低端的“蛋糕”。

山寨横行、品牌乏力、利润压缩……2010年前后，和很多传统产业一样，古镇的灯饰产业也遇到了发展的“天花板”，如果还停留在简单的加工、装配，甚至是“山寨”阶段，没有自主创新研发，经销商不上门，很多企业将面临倒闭。“古镇灯饰转型的关键，在于要以壮士断臂的决心，转变意识投入创新。”文叔说。

后续的发展印证了文叔的判断，一些企业选择逃到低成本的内地，但更多的企业则顺应创新潮流，“咬牙”革新，挺过了阵痛期。

“灯饰企业的生命力和利润都已经离不开原创，离不开原创所带来的附加值。”琪朗灯饰总经理魏伟明介绍，目前公司有着过百人的设计师队伍，还跟多位国外知名设计师合作，每年都要投入整个营业总额的5%用于研发和设计。

据统计，自2012年以来，古镇镇专利申请量每年都以两位数的速度增长，且一直位于中山市全市第一；2016年专利申请量和授权量达到了9194件和7498件，同比分别增长39.56%、10.25%。

专利保护赢得国际市场尊重

2017年古镇镇政府收到“米兰设计周”主办方的邀请，希望古镇的灯饰企业能组团参展。在很长一段时间里，国内企业获得“米兰设计周”等大型国外灯饰展会邀请的不多，不少企业只能私下跑去观摩。

针对外国市场的“防范”，刘建辉颇有经验。2015年，他带着9家企业参加意大利的“米兰设计周”，几个欧洲人委婉地对中国知识产权的保护提出质疑。做足功课的刘建辉拿出了2014年全国的数据，并详细阐述古镇的知识产权快速维权模式后，很多人当时就改变了想法，古镇的专利保护赢得了国际市场的尊重。

一切还要从6年前说起。

琪朗灯饰尝到原创的甜头之后，发现各种粗暴的抄袭仿冒品也在抢占市场，有的小作坊甚至为了抄袭专门开模。国家知识产权局一行到古镇调研，琪朗灯饰的负责人便说出了知识产权维权的困扰。

作为创新的重要组成部分，有关知识产权保护的呼声日渐高涨。那时，我国正深入实施知识产权战略，广东知识产权强省建设也迈出了新步伐。在国家知识产权局、广东省知识产权局的支持下，2011年，古镇在全国率先建立了首家针对单一行业的知识产权快速维权中心，即中国中山（灯饰）知识产权快速维权中心（以下简称“快维中心”）。

刚进入试运行阶段，快维中心就接了一宗轰动国内灯饰设计行业的“大案”。

2011年4月，琪朗灯饰拿着厚厚一叠“仿品信息表”和相关证据资料，一口气投诉了28家单位侵犯版权。

快维中心工作人员一家家上门，很多销售人员表示“莫名其妙”，个别的抵抗情绪强烈。经历两个月的调查取证，快维中心帮企业挽回了损失，释放出“专利保护”的强大信号。

为一盏灯申请外观设计专利，原本可能需要4—6个月时间，但通过快维中心提前审批，企业最快一周可获得电子授权。如果企业知识产权遭到侵害，从受理到行业调解或移送司法机关，最快可在一个月内结案。古镇快维中心的试点，被列入2012年度全国知识产权保护十大事件。

知识产权的有效保护，让古镇灯饰行业市场秩序得以规范，也为古镇灯饰占据行业制高点提供了保障。维权执法量的多寡是知识产权保护强度的一个直接体现。据统计，2011年至2016年，古镇共调处专利侵权纠纷案件1806宗，涉及赔偿金额256.67万元。与此同时，具有原创品牌和自主专利设计的古镇灯饰，在竞争激烈的灯饰行业焕发出崭新的活力。

“古镇经验”也在全国范围内不断传播复制，如东莞的家具知识产权快速维权中心，以及2017年3月底在成都投入运营的家居鞋业知识产权快速维权中心等。

灯饰业进入“艺术化创造”时代

2017年7月25日下午，古镇中心区，一个集生态、休闲、健身及灯光文化旅游于一体的超千亩灯都生态湿地公园已基本成型。

在2017年的国际灯光文化节上，灯都生态湿地公园成为主会场，一百多米高喷射头的3D音乐喷泉全新亮相，并配以媲美迪拜的灯光投射表演，承载丰富的古镇灯饰文化。

“政府每年都投入几千万元资金，举办灯博会和灯光文化节这些大型的活动，是为了向外界传递文化信号，扩大古镇灯饰产业的影响力。”魏伟明认为，目前古镇的灯饰会展水平离世界一流展会还有距离，这也是需要进一步提升优化的地方。

如何挖掘灯光科技与文化艺术相融合的地域特色文化，一直是古镇镇需要解决的问题。而灯饰产业的蓬勃发展、灯饰文化艺术价值的开发、知识产权快速维权模式，正为古镇交织出新的特色发展脉络。

“古镇要建特色小镇，关键是要打造灯饰文化。”不少古镇人都这样认为。

“古镇构建灯博会、灯光文化节等文化交流平台，已经打出了灯饰文化的品牌。希望有一天，古镇灯饰能够引领全球灯饰文化潮流，只要古镇举办灯光文化节，全世界的设计师都能过来交流。”文叔憧憬着说。

● 灯光闪耀（胡家庆摄）

“当今灯饰产业已经从‘工业化制造’进入‘艺术化创造’时代，文化已成为具有决定意义的生产要素，是灯饰经济的独特资源。”刘建辉认为，在未来“产城人文”深度融合的趋势中，古镇一方面要继续引导企业依靠专利打造灯饰设计文化，挖掘灯饰作为艺术品的高附加值；另一方面要利用灯光和灯饰本身的文化属性来传递文化、传播文化，为产业和城市注入更多的文化内涵，以展览营销带动产业文化和休闲旅游。

目前，古镇正兴起的时代灯饰广场星光联盟、华艺灯饰城、利和灯饰广场等大型展销卖场，现代感的设计风格中融入了大量灯饰文化元素，每天都能看到流连在广场里的外国采购商和参观者。

【对话】

中山市古镇镇党委书记刘建辉：加强知识产权保护　发展灯饰创意经济

南方日报：作为首批入选的中国“特色小镇”，你认为古镇“特”在哪里？

刘建辉：古镇的特色主要体现在三点：一是灯饰产业特色鲜明，是全球灯饰的重要产地，灯饰产业“特而强”；二是空间特色鲜明，“产城人文”深度融合；三是社区创新模式鲜明，以人为本、共建共享。

南方日报：产业是小镇的依托，面对新时期灯饰产业的发展瓶颈，古镇灯饰产业要如何实现转型？

刘建辉：灯饰既是工业品，又是工艺品、时尚品，灯饰产业已经从“工业化制造”进入“艺术化创造”时代。灯饰产业就是创意经济，发展灯饰创意经济，关键要以供给侧结构性改革为支撑。

古镇将从创意设计着手，提升灯饰产业附加值；从品牌打造着手，提升古镇灯饰知名度和美誉度；从产业文化着手，提升古镇灯饰品位和内涵；从知识产权保护着手，营造万众创新的社会氛围。

南方日报：接下来古镇将如何打造灯饰特色小镇，并在发展中融入您提到的灯饰文化？

刘建辉：古镇所规划的灯饰特色小镇，须科学统筹城市空间、规模和产业结构，打造设施互通、产业互融、功能互补的宜居宜业宜游精品城镇。

今后5年，古镇将围绕灯都生态湿地公园建设灯饰产业中心，形成商贸、文化、旅游和优质社区聚集区，依托灯饰商贸综合体，系列生态湿地公园、灯饰设计研发中心、国际会展中心、总部基地、优质住宅群等核心要素，投资或引导社会投资近100亿元来完善灯饰特色小镇配套建设，进一步提升城市首位度，彰显灯饰文化内涵。

□ 陈彧　汤凯锋　郭冬冬　许兆祺　张小红

（2017年8月3日）

茂名市电白区沙琅镇
“养龟小镇”的转型之路

【小镇名片】

位于茂名市电白区北半部中心地带的沙琅镇，是电白区北部商贸文化中心，也是联结电白区中北部乃至茂南区、阳春、阳江的交通枢纽。

近五年来，沙琅镇把发展龟鳖产业作为特色农业经济的抓手，不断加大对龟鳖养殖业的扶持力度，形成了从业人员5万多人、养殖户6000多户的养殖规模，年产各品种龟苗超过130万只。2016年，全镇完成国内生产总值17.2亿元，其中农业经济总收入9.71亿元，龟鳖特色产业年产值达6亿多元。龟鳖养殖业的发展，带动全镇群众脱贫致富。

2016年，沙琅镇被全国龟鳖行业评审活动组委会授予“中国养龟第一镇”和“中国石金钱龟之乡”。2017年8月份，沙琅镇入选全国第二批特色小镇。

2017年8月28日晚7时许，受台风影响休市几天之后，茂名沙琅镇府前路新规划的龟市又热闹了起来，吆喝声此起彼伏。

来自云南的雷明（化名）每天吃过晚饭后总会将新孵出的龟苗带到龟市，每次刚开档就有人来询问，接着很快被一抢而空。

沙琅人养龟已有30多年历史，目前全镇过半常住人口从事龟鳖养殖业。“养龟门槛低，也不愁卖。2017年我们预计会有近150万只龟苗投入市场，但还不能满足需求。”沙琅龟鳖行业协会会长刘基胜说。

在沙琅镇政府的引导下，沙琅人依靠养龟改变命运、脱贫致富，住起独栋小楼房。借助特色小镇的新发展契机，沙琅镇致力突破因上下游缺失带来的产业发展瓶颈，打造一个全产业链的发展模式，带领更多人致富。

龟鳖养殖改变小镇

2017年8月25日上午，台风“天鸽”带来大量降水，龟市休市，但位于沙琅镇尚唐村的黄剑东家中，依然热闹非凡。

从早上7时开始，黄剑东的微信便响个不停，不断有人询问当天龟苗产出的情况。中午，黄剑东送走第三批龟贩，将客人挑剩的两只安南龟苗收好。“原以为台风天没人上门了。”黄剑东算了一下，三批总共卖出龟苗87只，有2万多元的营收。

黄剑东的父亲黄仁辉是沙琅镇最早的养龟人之一。20世纪90年代，家境贫乏的黄仁辉在亲戚的劝说下，鼓起勇气买了30只龟苗进行养殖，并开始跟随兄弟辗转南宁、海南等地推销龟苗和引进新龟种。2000年后，越来越多的沙琅人加入养龟大军，黄仁辉的养龟效益初显。

前几年，龟价多次上扬，让黄仁辉一家收入大大增加。如今，他们家早已搬出破瓦房，在尚唐村中心地段建起三栋小楼房，其中一栋专门用来养龟。“全家能有今天，都是龟给的。”黄仁辉说。

沿着省道S281一路向北行驶，进入沙琅镇的中心区，沿街小楼房随处可见，很多挂着“××龟业”的招牌。

沙琅镇党委书记罗亮介绍，该镇龟鳖养殖行业经历了30年的发展，在电白区相关产业政策的支持下，专门成立了龟鳖养殖行业协会及专业合作社，扶持特色产业发展，并成功培育出了广东地区最大的石金钱龟养殖企业基地，养殖品种主要有金钱龟、石金钱龟、小鳄龟、金头龟、

沙琅镇将提升全镇整体规划，打造县域副中心（罗斌豪　张迪摄）

乌龟等等。

目前沙琅镇已有龟鳖养殖户6000多户，从业人员5万多人，超过常住人口的一半。2016年，全镇农村居民人均可支配收入达15336元，超过全省平均值，如雷明一样的“新沙琅人”，也投入了龟鳖养殖的浪潮中。

针对日益旺盛的市场交易需求，沙琅镇组建了汇聚知名研究专家的“搜龟网”，开启龟鳖养殖的电商时代。2017年，沙琅镇更整合了以往分散在全镇的龟市，在府前路规划了约800米的街道作为龟鳖交易市场，设置了150间帐篷档位。规范的市场管理，让龟市的交易更加稳定有序，也吸引了国内各地的爱龟人士。自6月份龟苗出产期以来，日均交易量达2万多只。

下游不畅龟价下跌

近五年来，沙琅镇把发展龟鳖特色产业作为发展农业经济的抓手，不断加大对龟鳖养殖业的扶持和服务力度，年产各类龟苗约130多万只，年产值达6亿多元，在全国已经形成了一定的影响力。

五年来，龟价也经历了几次大波动。从2012年的上涨、2014年的再次攀峰到近两年来的下跌，很多养殖户开始动摇，部分人更开始选择转行投资南药种植。

“产业链条发育不全，下游发展不畅，发展自然就受阻。”在茂名金龟产业园开发建设有限公司董事长林炜看来，沙琅镇目前基本还停留在种龟养殖和交易层面，随着囤积的成品龟越来越多，价格自然也出现了波动。

“龟有很高的经济价值，目前各地已有很多尝试，比如做成龟茶、龟胶、龟酒甚至耳熟能详的龟苓膏。但放眼沙琅镇，在龟类深加工和综合利用项目方面却几乎空白。”林炜说。

以养、销为主，产业结构比较单一，是全国龟鳖养殖行业共同遭遇的困境。如何从这种传统模式中解放出来，把龟鳖产业向规模化、市场化、生态化转变，形成上、中、下游链条化发展？危机之下，转变迫在眉睫。

年近六旬的退休农场职工温芝永就是探路者之一。

2013年，温芝永一口气租下了排仔村铜板岭作为养龟生态庄园，利用天然环境提高龟的繁殖速度，同时也通过生态养殖方式带动旅游业。生态园内配备餐厅、住宿、茶市、果林、龟鳖养殖观赏区等设施，客人不仅可以进行龟鳖交易，还可以度假消费。

通过这样的模式，生态园2016年累计接待了游客3万人次，2017年以来共接待游客2万多人次。在沙琅镇政府和行业协会的推广下，该模式在镇内迅速复制，已经建成5座生态养殖园，但由于对场地要求较高，要大范围推广也比较困难。

“这几年龟鳖养殖业不太景气，但并不意味着这个行业没有价值，只是没有被开发出来而已。”从父亲手中接过6万只规模的龟鳖养殖厂，张鑫经历几年摸索后，潜心下游的开发，希望能将龟鳖产业与康养产业结合起来，破解产业发展瓶颈。

改变粗放养殖方式

“产业的发展离不开人才、资金、空间等要素的集聚，离不开上下游产业链条的延伸。”2014年，林炜向电白区政府提出了“金龟产业园区”的设想，建议让养殖户集中入驻有技术和金融服务、价值利用研发和上下游生产加工的综合性生态园区，通过龟文化的挖掘，普通市民还能在园区里进行文化体验、休闲观光。

“我们计划跟中山大学合作建立研究院，为龟鳖养殖、下游深加工、产品开发提供技术支撑，并将现有的一些相关研究进行转化。”林炜认为，只有改变了粗放且目的不明确的养殖方式，才算抓住了沙琅龟鳖养殖业发展的痛点。

林炜的想法得到了政府的认同和支持，“金龟产业园区”被列入省重点项目以及沙琅镇的“十三五”规划中，近期将在沙琅江岸正式开工。

2017年8月，沙琅镇获评全国第二批特色小镇。这种国家力推，在块状经济和县域经济基础上发展而来的创新经济模式，为沙琅镇发展全国龟产业的养殖、生产集聚地及交易、展览集散地，提供了新的契机。

沙琅特色农业经济的另一风向标则是南药种植与加工业，其中沉香和藿香的种植加工尤为瞩目，逐步形成龙头连基地带农户，种植加工一体化、产供销一条龙的产业化新格局，销往全国各地。

以特色小镇建设为契机，沙琅镇将创建金龟产业园、南药标准化种植基地双产业培育，推动两大产业从单一的种养，向种养、加工、销售、研发等全产业链发展。

2017年8月29日，住建部公布了第二批特色小镇专家评审意见，并要求对意见中提出的不足予以整改提升。其中便要求沙琅镇整治镇区环境，塑造风貌特色；尽快修编规划，提升规划质量。

● 龟鳖养殖带来了丰硕的经济效益，促进农民增收（罗斌豪　张迪摄）

2017年9月6日，茂名市在该镇召开全市县域副中心建设现场会，茂名市委书记李红军强调，沙琅镇要抓好县域副中心的规划，科学规划发展布局、功能分区和综合交通体系，同时突出抓好特色产业发展，着力培育壮大特色产业，强化产业支撑作用。

目前，沙琅镇已通过招投标，聘请广东省建筑规划设计研究院编制《全镇总体规划》和《控制性详细规划》。茂名市委常委、电白区委书记、水东湾新城党工委书记陈小锋表示，电白区将从财力、物力和智力等方面大力支持沙琅镇，目前已经在规划科学布局、城镇扩容提质、交通互联互通、项目产城交融等各项工作上取得明显成效。

【对话】

沙琅镇党委书记罗亮：引导特色产业聚集　加大培育力度

南方日报：近年来，沙琅镇龟鳖养殖业经历了怎样的转型探索？

罗亮：沙琅龟鳖养殖业源于20世纪80年代中期，2004年我们成立了沙琅镇第一个龟鳖协会，去指导、培训居民规范养殖。由于门槛低、利润丰厚，沙琅镇很快就兴起了养龟热。近几年里，产业困境很快显现出来，比如很多养殖户在自家养龟，规模扩大受限；产业链条发育不全，上下游缺失阻碍产业发展等等。

我们也正计划建设集中养殖的厂房式养殖园区，解决扩大养殖规模问题，减少养殖带来的生活环境污染。同时设立专门园区加快下游产品研发，解决龟养殖产量大幅增加之后，商品龟的消耗性消费渠道问题，明朗发展前景，解除养殖户的后顾之忧。

南方日报：沙琅镇如何定义特色小镇的“特”，并将之融入未来的建设中？

罗亮：沙琅镇是全国养龟第一镇以及中国石金钱龟之乡，南药种植历史悠久，这两大产业都是独有的。沙琅将立足现有的特色产业资源，将两大产业由单一种养模式推向多产业链发展，并挖掘这两个产业深层次的文化内涵，融合乡村秀丽的山、水、人、文特色，来不断丰富沙琅特色小镇的内涵。

南方日报：在特色小镇建设上，沙琅镇还要克服哪些困难？

罗亮：我们一方面要继续引导特色产业聚集，加大建设、培育力度，另一方面也要加大对基础设施的投入，在沙琅江两岸发展特色小镇区域。

□ 陈彧　顾大炜　朱红鲜　李超朝

（2017年9月8日）

佛山市顺德区北滘镇
创新驱动擦亮“智造小镇”名片

【小镇名片】

北滘，位于佛山市顺德区东北部，全镇总面积92平方公里，辖20个村（社区），户籍人口12万人，常住人口26万人。北滘镇产业特色明显，支柱产业主要有家电制造、金属材料以及机械设备制造等，除了美的、碧桂园两家千亿企业之外，还拥有精艺、惠而浦、蚬华、浦项等一大批中外知名企业。近年来，面对经济结构调整等压力，北滘紧抓创新驱动发展战略，通过广东工业设计城、中国慧聪家电城、美的全球创新中心、广东（潭洲）国际会展中心等一批龙头项目，引领产业转型升级。数据显示，2016年，全镇规模以上工业总产值2178亿元，增长8.4%。2017年预计全年可实现地方生产总值550亿元，增长超过8%。

2016年，国家住房城乡建设部发布了第一批127个中国特色小镇名单，在入围的广东6个小镇中，北滘作为“智造小镇”名列首位。依托智能制造产业，北滘正致力于打造“产城人文”融合发展的特色小镇。

从105国道进入北滘，转入美的大道，一栋被称为“高尔夫扭腰”形状的高128米、占地面积99000多平方米的地标性建筑跃入眼帘，这是中国内地成立最久的民营企业集团美的电器的总部办公大楼。

在美的总部大楼旁边，是顺德首个中小企业总部大楼日美光电怡和中心；沿着105国道往前走，在美的集团对面，电子商务大厦慧聪家电城日趋繁华。不远处，广东工业设计城与占地450亩的美的全球创新中心比肩而立。

几年来，在创新驱动发展、振兴实体经济的时代号角下，北滘借助家电产业特色优势，顺势打造总部经济聚集区、工业设计城、中国慧聪家电城等载体，伴随着美的全球创新研发中心等项目逐渐落地，北滘加速从“制造”向“智造”小镇升级，走出一条具有北滘特色的家电全产业链转型路径。

设计研发激发产业活力

既能晾晒衣服，又能风干衣服，看似普通的衣架，经过灵巧的设计，就为企业带来几百万元年收益。

走进宏翼工业设计公司的陈列室，类似的作品琳琅满目：桌面暖风机、“小萌菇”吸蚊器、冰淇淋机……“问题倒逼创新，越来越智能，有时一个有灵感的创新设计，能给一个行业带来颠覆性影响。”公司创始人卢刚亮如此评价“设计的价值”。

卢刚亮大学毕业后来到顺德，是较早瞄准工业设计的创业者之一。公司起初并不在北滘，2010年，工业设计城成立时，宏翼等十多家设计公司第一批入驻。

彼时，北滘的工业设计虽起步不久，但已显现出蓬勃生机。设计城经常举办峰会、展会、论坛等活动，同行间互相交流，企业还可享受“3年免租”“人才补贴”等优惠政策。

2013年，宏翼成立了一个名为SmartFrog卡蛙的产品孵化平台，自行设计研发和生产销售，其中平台设计的一款“便携式干衣器”，就为公司带来500万元的收入。

“当它还是第一代概念模型的时候，我们想以5万元卖出去，没人要；第二代，我们实现了产品功能，有人出50万元买，我们不卖；第三代，它更精美了，有人愿出100万元购买全套知识产权，但它已不是这个估价了！”卢刚亮说。

创新带来改变，宏翼公司从最初的3个人团队，发展成为一家200人规模的公司，研发专利近200项，公司业绩也从2014年的200多万元直线上涨，2017年预计将超过1亿元。

很多创业者也在设计城内将“白手起家”变为现实。如今，进驻设计城的国内外知名设计机构共206家，专业设计师超过3000余名。仅7年时间，工业设计城已成为国内设计领域的行业标杆。

“在这里，一个创意很快就能转化成产品，这是北滘最吸引人的地方。”一位企业负责人认为，北滘深厚的产业基础及浓厚的创新实践氛围，是使产业拥有强大生命力的关键。

转型升级走出发展困境

时间回到几年前，作为中国最大的白色家电生产基地，面对国内外经济形势的考验，摆在北滘眼前的，是如何从传统产业中闯出一条转型之路。

20世纪80年代初，大批“洗脚上田”的北滘人大力发展乡镇企业，走农村工业化道路，造就了顺德家电产业群，成为家电的“世界工厂”。

经过30多年的发展，顺德汇聚了约3000家家电整机及上游配件企业，家电年产值达2000亿元。

产能普遍过剩，优质产能缺乏，面对市场的供需矛盾，一场供给侧结构性改革在全国深入推进。作为家电制造重镇北滘，首当其冲。

美的副总裁胡自强曾表示，当时美的将明显缺乏品牌竞争力的剃须刀、电子鞋柜、橱柜等30多个品类下线，包括100元以内的电饭煲、风扇，删减产品类型近一半。

数据反映了美的去产能的力度：2011年集团共有2.2万个产品型号，2015年精简到约2000个型号。

一边去产能，淘汰落后工艺；一边加强研发，生产优质产品。2015年，美的对科研的投入达到53亿元，占销售额3.8%。尽管员工总量大幅减少，但研发人员数量每年增10%。

2016年，美的在广东顺德美的工业城投资30亿元建成全球创新中心，着力整合国内外研发资源和网络优秀研发人才，打造全球研发体系。

伴随着美的全球创新研发中心落地，北滘形成了集创新研发、工业设计、会展商贸、总部经济于一体的家电全产业链，成功引导家电产业链进一步向“微笑曲线”两端高附加值环节延伸。

“我们一个设计就让空调寿命延长了30%”，美的全球创新研究院固体力学实验室负责人李忠华告诉记者，他2015年加入美的，先后参与了空调、冰箱、洗衣机等产品的静音设计，对企业的研发力度深有感触。

李忠华说，2012年，整个集团博士只有20人，现在则有近500位博士，研发人员中有硕、博学历比例达到65%，全是各个领域的顶尖人才。此外，公司成立了优秀提案评审会，通过举办创意大赛等，充分激发研发人员的创新技能。

过去5年，美的从原有的19.6万人，减少了近10万人。不仅没有花一分钱去买土地、建厂房，还向政府退还了超5000亩土地。

这些数字减少的背后，却带来了效益的提升。2011年到2016年，美的集团营业收入从1340亿元到1598亿元；盈利由60多亿元增长到146.84亿多元，并带动了整个产业链的转型升级。

大企业自建总部，中小企业则通过公共的平台抱团上楼，这也是顺德家电总部经济发展模式。北滘怡和中心、财富中心，顺德中小企业大厦、顺德高新技术企业大厦等平台的出现为顺德中小家电企业提供了抱团转型升级的机遇。而慧聪中国家电城更是吸引了包括顺德、中山等地中小家电企业的关注。

在创新驱动引领下，除了美的集团等龙头企业，一批扎根在北滘的中小企业也迅速成长，成为北滘发展的新动能。佛山市宏石激光技术有限公司专注中小功率激光切割雕刻机，已成为行业“隐形”冠军；广东日美光电科技有限公司逐渐迈上国际化征程，成为国内最大广告灯箱和大型专业POP制造企业之一……

● 碧江金楼古建筑群为顺德区北滘镇碧江社区留下了丰富的历史文化遗产（肖雄摄）

“产城人文”融合发展

北滘镇桃村这两年集中整治环境，过去堵塞的河涌被疏通了，水质逐渐变清。2017年端午节，桃村还组织了龙舟游龙活动。“我们计划新增一艘龙舟参加10月的龙舟比赛。”本地人袁伯高兴地说。

这是北滘城乡人居环境变好的影子。北滘古称“百滘”，意为“百河交错、水网密集”。作为岭南水乡，环水而生的村居是北滘区别于大都市的特色景观资源，也是小镇魅力的有机组成。依托特色鲜明的产业，北滘的特色小镇覆盖全域，延伸至村居、社区等非中心区域。

走进城区，由旧厂区改造的现代Loft风格写字楼林立，树木郁郁葱葱，园区十分静逸。

当初吸引设计师刘雪贵来的，正是美好的环境。刘雪贵毕业于河南工业大学的工业设计专业，2010年经老师介绍来到北滘，毕业后留了下来，成为一名工业设计师。

人才，是创新的关键要素，缺乏人才集聚，就难以实现从“制造”到“智造”的跨越。怎样留住人才，是北滘转型升级中必须解决的考题。

为此，北滘打通创新通道，突出产、城与人的融合。“北滘靠近广州大学城，我们借助交通优势，以建设广州大学城卫星城为重点，全面实施人才工程，5年内配套3万套人才公寓，吸引人才聚集。”北滘镇党委副书记、镇长王崇曦说。

2016年11月，顺德正式启动大学城卫星城建设，卫星城的核心区正位于北滘。大学卫星城主要围绕生活区、配套区、创新创业区三大功能板块构建。其中的高标准人才社区，为高校提供环境优美、配套完善、层次丰富的人才公寓和新型国际社区，解了引才留才的燃眉之急。

2016年6月，广州地铁7号线西延顺德段正式开工，通车后，从顺德北部抵达广州大学城的时间将被缩短到30分钟内。这条创新通道让人才和产业无缝对接：一边是广州大学城，拥有10余所高校，高技能人才荟萃；另一边是亟需创新型人才的智能制造业。

如今，走进北滘新城区可见，总部大厦林立，居民小区错落有致，商业区热闹繁华，还有医院、文化中心、体育场地……

该片区还建了北滘公园、北滘文化中心等一批城市新地标，加上美的、怡和、丰明、盈峰等总部大楼，一座“迷你CBD”已逐渐成型。在这里工作的人还可充分融入城市，享受“骑单车上班、下班可步行听音乐会”的惬意生活。

“北滘主业突出，方向明确，依托智能家电产业，我们正在经历产城人文一体化的巨大蜕变。”王崇曦表示。

【对话】

佛山市顺德区北滘镇党委副书记、镇长王崇曦：努力打造产业创新驱动核心区

南方日报：作为传统工业强镇北滘，为何要往智能制造转型？

王崇曦：制造业一直是北滘产业链中的命脉，而家电制造业的占比更是达到了制造业中的70%。北滘收购了许多国外的智能软件公司，在智能制造方面有较好的基础。北滘秉持区委、区政府 “开放引领，创新驱动”的口号，定下“屹立珠三角，面向全世界”的目标，围绕智能制造，积极引进国内外创新人才资源，并和有着创新资源的城市比如深圳和广州进行对接，努力打造区域开放引领先行区和产业创新驱动核心区，建设成具有辐射带动力的国际化魅力小城。

南方日报：在转型过程中，遇到的最大难题是什么？如何突破？

王崇曦：在土地资源方面，原有工业产业占用太多空间，导致空间分配不合理，而许多新落户企业需要较大且优质土地来作为产业园区。为此，政府征集可供使用的土地，将土地性能回归主打产业工业，盘活工业园提高土地利用率，腾出未来制造产业的空间，并且以环保达标、安全达标为原则来

落实产业保护任务。

南方日报：在实现产业转型的过程中，政府如何引导产城人文融合?

王宗曦：北滘靠近广州大学城，借助地铁线路上的交通优势，北滘建成了系列供高端人才居住的低价公寓，以此来吸引大学生人才聚集。并且区政府出资10亿元和企业比如美的共创科技研发实验平台，与大学院校和国内外研发机构共同组建研发平台，所获得的成果用以区域共享，从而带动整个产业链的发展。

北滘镇政府积极跟进相关配套建设，确保整个社会管制可以和传统文化进行衔接。如在乡村建设上投入大量精力，启动美丽乡村建设。

南方日报：对于打造特色小镇，北滘下一步有什么计划?

王宗曦：从以前的传统制造小镇到智造小镇转型升级，再从智能小镇到全方位一体化蜕变，是北滘接下来发展的目标。在未来北滘会积极引进先进制造业以及高科技项目落户，围绕智能制造做文章。

□ 曹媛媛　汤凯锋　罗湛贤　邹兴跃

（2017年7月20日）

云浮市罗定市泗纶镇
鹭飞为有香米稻　家家编得好蒸笼

【小镇名片】

泗纶镇位于罗定市西部，是省级中心镇，素有“竹蒸笼之乡”的美誉，全镇辖区总面积233.8平方公里，下辖28个村（居）委，户籍人口83182人。

泗纶镇以竹蒸笼、“亚灿米”、肉桂为支柱的特色农业产业发展迅猛。其中，“泗纶蒸笼”获得国家地理标志产品保护，“罗竹”牌蒸笼被评为广东省著名商标。镇内“亚灿米”种植基地种植的亚灿米荣获日本和欧盟有机认证，利用“亚灿米”酿造出有机酒“定台玉液”，研发出有机醋“灿神一号”。

泗纶镇先后被评为广东省竹制品技术创新专业镇、广东省宜居示范城镇、广东省生态示范镇、广东名镇、全国一村一品示范村镇和广东省教育强镇。

“嗒嗒嗒……”走在泗纶镇的蒸笼街上，砍竹条的声音充满整条街道，听上去就像雨点密集地打在玻璃上。探头进一家农户一看，见女主人两手一弯竹条，瞅准大小，竹刀一砍，两手一掼，蒸笼模子就出来了。

装茶点的竹蒸笼是泗纶镇人们的生活记忆。泗纶镇位于罗定市西部，小镇四周森林茂密，肉桂、罗竹资源丰富。泗纶镇有“竹蒸笼之乡”之称，编蒸笼是一门家喻户晓的手艺，不少泗纶镇人在做蒸笼的敲打声中长大。

近年来，农村综合改革在南粤大地不断深入，广东省涌现出一批特色农业镇。其中，泗纶镇以生态农业为发展方向，“亚灿米”、竹蒸笼、肉桂为支柱的特色农业产业发展迅猛。从2013年开始，为加快特色产业发展，罗定市现代农业产业园在泗纶镇启动建设。通过基础设施的不断完善，吸引了多家企业入园发展。生态农业产业让这个曾经略显颓势的小镇重新焕发生机，一个“生态农业小镇”呼之欲出。

从化竹为浆到“笼”的传人

“不少外国客户只要我们泗纶镇产的罗竹蒸笼。”提到在中国日用百货展的经历，方志欢挺了挺腰板，把手里的竹蒸笼伸到记者眼前。他现在和妻子沈美娟在老家泗纶镇做竹蒸笼生意。三年前，这对85后夫妻辞去外地的工作，回到妻子的家乡泗纶镇创业发展电商，家乡特产——竹蒸笼贸易成为他们瞄准的好项目。

泗纶镇编制蒸笼已有200多年历史，竹蒸笼以当地生长在溪涧边的罗竹为原材料。罗竹纤维长、韧性好，摸上去像布的手感，是一种上乘环保编织材料，农户做蒸笼时都不戴手套。罗竹制作的竹蒸笼蒸出的食物可保留食物的原汁原味，不积聚蒸馏水，不易变馊，耐保温，而且还带有一股罗竹清香。

“从小家人就做竹蒸笼，恨不得从床上翻下来就能掉进去。”方志欢的妻子说这是泗纶镇人的童年。竹蒸笼是泗纶镇的传统产业，近年来随着镇上生态农业产业的发展，小两口看到了商机，把儿时的记忆发展成了如今的事业。在泗纶镇像方志欢夫妇这样，享受到生态农业产业红利的居民还有不少。镇上的竹蒸笼企业采用“公司+农户”的方式，让很多村民重拾老手艺，留在了家门口就业。

几年前，小镇并非此番景象。泗纶镇自古就有用罗竹造纸的传统，镇上也建起了不少造纸厂。随着国家及广东省对环境保护力度的不断加强，在2007年至2010年泗纶镇将十几家土法造纸厂全部关闭。但是，这也使山上种植的罗竹大量滞留。如何处理产能过剩的罗竹，成了泗纶镇必须解决的问题。其时，罗定市出台《罗定市主体功能区规划》，结合实际情况，泗纶镇被确定为限制开发的西部经济圈，泗纶镇逐渐走向了生态农业发展之道。

泗纶镇以一镇一品的专业发展策略，采取树立品牌、集聚发展、创新技术等方法，推进竹制品专业镇的发展。2014年，泗纶镇被评为“全国一村一品示范村镇”，目前全镇有蒸笼加工企业和合作社19家，其中龙头企业1家，较大蒸笼加工企业4家。随着镇上竹蒸笼产业发展，越来越多泗纶人回乡就业，目前，全镇从事蒸笼加工的人员达1.2万人，年产蒸笼8000多万只，年产值超过2.2亿元。

特色农业的2.0升级版

“亚灿米不打农药，‘喝’山泉水，就是田里的杂草长得特别快。”亚灿米基地管理员潘叔刚组织工人锄完草，拉着记者参观亚灿米基地。基地网格状的农田依次展开，百来只野鸭在水田里嬉戏，稻田里的风温热，裹着阵阵青草味扑面吹来。

潘叔当了一辈子农民，但一开始，他和村民看到亚灿米的种植方式，心中始终有个问号：“不打杀虫剂，不用化肥，大米能长吗？”但多年来，亚灿米一造亩产600斤的产量和良好的市场口碑，让潘叔和农友们心服口服：“在镇上亚灿米每斤都能卖将近30元，出了镇就更贵喽。”

2002年，泗纶镇乡贤李柏思组建丰智昌顺科技有限公司，将农业生物科技应用于有机水稻种植，形成拥有核心技术的丰智天然健生栽培法，成功培植出顶级有机香米——“亚灿米”。目前，亚灿米成为华南地区唯一同时取得日本有机认证和欧盟有机认证的稻米品牌。

“我们着力把泗纶的现代特色农业打造为2.0升级版。泗纶的农业再不是简单的生产、加工，而是平台化集约发展。”泗纶镇党委书记陈致远说。

罗定泗纶风景（资料图片）

延伸产业链，是泗纶打造升级版特色农业的重要抓手。当“亚灿米”生态、环保、质优和自主知识产权的概念在市场形成后，延长“亚灿米”产业链，成为企业实现跨越发展的方向。2012年，丰智酒业有限公司成立，以“亚灿米”为原料，先后研发出有机酒“定台玉液”和有机醋“灿神一号”。泗纶镇的农业产业链、创新链正逐步形成。

陈致远说，在生态农业发展上，泗纶镇按照云浮市委、市政府《关于创新现代农业经营体制机制的实施方案》的精神，进一步转变农业发展方式，打造罗定地方特色现代生态农业，探索创新“公司+理事会+农户”经营机制，促进农村经济社会的发展。

生态农业集群式发展

为打响泗纶镇农产品自己的品牌，云浮市政府鼓励企业自营出口，直接和客户接触，不少厂商表示订单也抓得更牢了。

泗纶镇松源蒸笼厂厂长林海松2017年就尝到了自营出口的甜头。2016年7月，林海松得知厂子达到自营出口的能力，让儿子办理了相关证件，当年10月，林海松的工厂获得了第一个出口订单。

“每个货柜得到了5000多元的退税补贴。”林海松坦言，自营出口使产品的牌子更响了，减少了企业运行成本，客户也可以攥在自己手里，使产品更加有利于走向国际市场。

发展生态农业，交通显得尤为重要。当前，云浮正极力构建“八高速、六轨道、两机场、一港口”的立体大交通体系。通过对接珠三角交通运输体系，云浮正不断深度融入珠三角“一小时生活圈”和“北部湾经济区两小时生活圈”。

2013年，罗定市现代农业产业园在泗纶镇启动建设。其中，入园项目亚灿米有机系列研发中心于2015年10月已落成，内部场室大部分投入使用，部分研发项目已正常开展。通过基础设施的不断完善，产业园吸引了多家企业入园发展。恒兆蒸笼有限公司的生产营销中心项目已初具规模，龙盛桂皮加工厂已开工建设，罗定市松源蒸笼有限公司、罗定市金丰竹制品有限公司已制定了进园规划，“绿色、生态、科技”的农业经济基地正逐步成形。

对于泗纶镇的居民来说，生态农业的发展不仅让他们日子富裕了，而且由于污染源减少，生态环境越来越好，家乡也越来越美了。每年三月，数百只白鹭会在稻田里栖息，成群结队的白鹭在空中盘旋，那是早些年看不到的光景。

【对话】

泗纶镇党委书记陈致远：全面探索特色农业发展新模式

南方日报：泗纶镇特色小镇建设是如何从生态农业产业入手的？

陈致远：泗纶镇充分利用生态优良的先天优势，借鉴台湾、日本等地区生态农业发展的成功经验，从2002年开始对生态农业产业发展进行探索，并逐步取得成功，积累了一定的技术和品牌，这都成为生态农业产业发展的重要保证。

近年来，云浮大力发展农业特色产业，泗纶镇顺势而为，以专业镇建设为抓手，积极参与全市全省生态农业产业发展分工，取得了综合经济实力明显增强、技术创新能力明显提升、产业规模明显壮大、产业结构明显优化的效果，从而证明了专业镇在统筹城乡发展、缩小区域发展、带动农业产业发展“绿色崛起”方面不可替代的作用，也是促进广东省全面实现小康社会的重要支撑。

南方日报：泗纶镇下一步的发展规划如何？

陈致远：当前，泗纶农业正在逐步实现从传统农业到高端农业、从单一化到多元化农业发展目标，全面探索现代特色农业产业发展新模式。为此，泗纶镇需要更深入地贯彻落实“五大发展理念”，以特色小镇建设为抓手，依托泗纶的资源优势，突出特色引领，政府引导，搭建平台，贴心服务，全力做大做强生态特色农业，实现打造百亿生态农业的宏伟目标。

□ 李业珅　陈清浩

（2017年9月1日）

韶关市翁源县江尾镇
养一方幽兰　圆百姓致富梦

【小镇名片】

江尾镇距翁源县城12公里，总面积334平方公里，总人口47000多人。镇内对外交通较为便利，现有省道244与省道245两条南北走向穿过镇区，县道349东西走向连接两条道路，形成纵横道路网络。生态环境良好，森林覆盖率达90%，拥有品牌特色农业产业。小镇旅游资源丰富，主要旅游资源包括南塘湖心坝民居群、古村落蒽岭八卦围、九仙桃、长江罗盘围和文阁塔、绵延十几里的兰花种植基地、万亩油菜花、古驿站道铁石径、西华寺庙、九仙嶂森林公园等。

江尾镇是全国最大的国兰生产基地，是广东省唯一的兰花专业镇，全镇兰花种植面积达1.3万多亩。8月29日，江尾兰花小镇入选广东省首批特色小镇创建示范点名单。

初秋九月，经历三个月高温后，韶关市翁源县江尾镇的兰花销售很快就要迎来旺季。

在江尾镇长达16公里的“仙鹤兰花长廊”两旁，种植大棚在田间依次

● 种植大户吕早金正在园艺场替兰花除草除黄叶，兰花种植成就了江尾镇不少居民的致富梦（罗斌豪摄）

排开。沿着245省道公路前进，数辆运载着兰花的货车穿镇而过，奔赴省内、福建、江苏等全国各地的花卉市场。

“大家都在冲刺中秋节旺季。”2017年9月7日下午，在各个兰花种植基地里，农户们正忙着打包出货。全好兰花专业合作社负责人吕永红说，随着兰花市场前景看好，江尾的兰花根本不愁销路，客户订货比往年早了两个月，很多农户的货都已被预定了。

江尾镇是全国最大的国兰生产基地。近年来，江尾镇不断延伸兰花产业链，探索出了一条特色农业产业发展的新路径。2016年，江尾镇实现生产总值9.89亿元，农村人均纯收入10882元，蓬勃发展的兰花产业，圆了无数百姓的致富梦。

搭上兰花产业快车

在中园兰花产业发展有限公司种植基地的控温大棚里，伴随着轻快柔美的音乐，一株株兰花在恒温控温的智能温室里花开正好。

“所有设备都是自动化，工人只需要施肥和打虫，操作起来非常简单。”公司负责人陈科夫49岁，是江尾镇仙北村人，从事兰花行业已有20多年。

近年来，江尾大力发展兰花产业，看中商机的陈科夫，于前年和妹妹一块回家乡创业。2016年陈科夫开始着手建设种植基地。

陈科夫说，平均下来每亩地成本将近100万元，得益于政府的贴息政策，他才能解决资金周转的问题，在短时间内建成生产基地。

2011年到2016年，江尾镇原有兰花企业和专业户从120多户增至200多户，农民专业合作社由23家增至70家，周边7500名村民实现家门口就业，户均增收超1.5万元。

在众多江尾兰花种植户眼中，江尾兰花产业之所以在短期内飞速发展，除了得天独厚的生态环境优势，也离不开政府的大力扶持。

几年来，江尾镇通过重点推行“公司+基地+农户”“合作社+社员”

等生产经营模式，从技术、资金、农资、种苗等方面进行重点扶持，引导兰花产业规模化、产业化发展，越来越多的本地村民在家门口实现了“创业梦”。

传统农业转变成现代农业

江尾镇与兰花结缘始于20世纪90年代。近年来，通过台商带动，培养本地专业户，江尾镇兰花产业飞速发展。

不过，仅仅依靠生产、销售传统模式，兰花产业难以持续发展。延伸兰花产业价值链、提高整体种植水平，是激发兰花产业活力的关键。为此，江尾镇开启了全面发展兰花产业的探索。

转变的第一步，从完善公共服务平台开始。2011年，韶关粤台农业合作试验区翁源核心区在江尾镇正式挂牌，打造集生态农业种植、高新技术研发、特色农产品展示和开发、农业物流、农业生态观光旅游于一体的现代农业平台。

从2013年开始，粤台农业合作试验区加速调整兰花产品结构，引进组培育苗企业，研发新品。

2017年9月7日，在江尾粤台农业合作试验区巨扬园艺场的兰花组培室里，品种不一的兰花种苗在“植物工厂”的流水线上进行大规模“克隆”，数以万计的玻璃瓶整齐地摆放在多层架子上，里面有的放着细小的嫩芽，有的养着幼小的植株。在组培基车间内，女工熟练地把兰花嫩芽切成细小块状，放入玻璃瓶，接种到培养基上。

“一个优秀母本只要性状良好，就可以无限繁殖下去。”巨扬园艺场场长李凯介绍，嫩芽接种到培养基后，在严格的无菌环境下生长，可以不断分裂长出新的叶片。这一无性繁殖组培技术，不同于传统的种源采集方式，使兰花种苗可以快速繁育，由此实现大规模的工厂化生产。

通过组培实验室生物基因技术，不仅可以实现大规模生产，为兰花产业发展提供优质种苗，还有利于研发兰花新品种。

对此，从事兰花行业已有17年的李凯深有感触。他说，以往种苗都是从福建、云南、上海等地引进，成本较高；2016年，基地成立了组培实验室，改变了基地种苗从外地采购的历史。

如今，江尾镇已经拥有9家组培育苗技术企业，建有9间组培实验室，覆盖从组织培养至成品销售的整个产业链。此外，通过与中科院华南植物园、广东省农科院、全好兰花专业合作社等进行技术合作，新品种研发能力也得到了大大提高。

“以前，我们的兰花种苗都是从外面进口。如今有了育苗组培企业，不仅不用进口，还做起出口生意。”粤台农业合作试验区翁源核心区管委

温室园艺场内的金蝴兰，成熟的花卉形状如少女舞姿，又称跳舞兰（罗斌豪摄）

会主任李金桓说。

依靠创新，传统农业转变成了现代农业。目前，江尾镇已成为全国最大的国兰生产基地，兰花远销全国各地。2016年，江尾镇兰花产业年产值超过8亿元，当地培育出来的“北江荷”“仙鹤锦”“九仙牡丹”等已成为兰花中的精品。

构建兰花产业生态圈

“我们这有现成的兰花展，可以直观地感受兰花文化，吸引了很多来江尾旅游的散客。”德芳兰园负责人刘芳说，前面是门店展示厅，陈列着各式各样已经组盆的兰花，后面是种植基地，供前来游玩的散客挑选，这种“前厅后场”模式，为公司带来不少客源。

在江尾特色产业助农增收上，乡村旅游亦成为一项不可或缺的内容。江尾镇一方面依托粤台农业合作试验区，打造集旅游、观光、休闲、科研等于一体的生态休闲区；另一方面则由政府引导，统一规划，打造有客家田园特色的农家乐、农庄等地方特色的风景线。

2013年以来，江尾镇引导一批兰花展示厅和农家乐旅游项目的建设，镇政府专门成立了项目建设领导小组，制订了工作实施方案，并筛选出10家靠近兰花长廊两旁，实力较雄厚、规模较大的兰场作为扶助对象。

同时，江尾新增仁川社学等独具历史文化特色的农家乐接待站，支持民营企业启动热水温泉度假区项目建设。数据显示，2016年全年，江尾接待游客突破10万人次。

“兰花小镇处于珠三角2小时经济生活圈范围，未来能便捷连接广州、深圳等珠三角消费市场。”江尾镇镇长朱志辉说，正在建设的武深高速公路将于2018年通车，该高速公路在江尾镇有高速出口和武深高速特色服务区，为兰花小镇产业发展提供了优越的交通条件。

按照规划，创建的兰花特色小镇以粤台园区鹤仔岗现代农业园区为主体，总规划用地约9.7平方公里。小镇定位为特色产业型小镇，以国兰为核心，以兰花科技种植为主导产业，将现代科技与特色文化融入兰花产业，大力发展兰花科技研发、生产服务和文化体验等产业环节，构建现代兰花产业生态圈。

朱志辉说，兰花小镇拟建设项目53个，计划总投资逾70亿元，目前在建项目5个，总投资3亿多元。借助2018年举办中国兰花博览会的契机，小镇将加速把现代科技与特色文化融入兰花产业。

【对话】

江尾镇镇长朱志辉：壮大特色产业　带动农民脱贫致富

南方日报：江尾镇将发挥哪些基础优势切实打造“兰花小镇”？

朱志辉：江尾镇是全国知名的“中国国兰之乡”，2016年被省农业厅授予“广东省休闲农业与乡村旅游示范镇”，是广东省唯一的兰花专业镇，也是广东省新农村建设科技示范镇。得益于得天独厚的自然生态环境和气候条件，江尾镇从1998年开始引进兰花种植，至今已经形成了一定的规模，成为全国最大的国兰生产基地。趁着培育特色小镇的契机，我们镇争取从供给侧结构性改革发力，培育发展新产业、新业态和新模式，进一步迸发社会创新创业活力，推动江尾镇社会经济实现跨越式发展。

南方日报：我们在采访中了解到，作为欠发达山区镇，江尾镇在建设特色小镇过程中，还面临着基础设施薄弱、资金不充裕、产业发展程度不够深等困境，江尾镇如何克服这困难？

朱志辉：在基础工作方面，我们加大力度投入更多资金做好土地流转工作，加大设施建设，强化基础保障。同时，我们要整合现有村庄资源，完善村庄基础设施，打造文化创意村、“3D”文化村、特色农家乐等重点项目，以打造旅游名镇名村，发展农业休闲乡村旅游业，促进产业融合发展，从而实现我们镇的转变跨越。

在产业扶持方面，我们将积极主动寻求与科研院所、高等院校的技术合作，举办兰花产业种植技术培训班，推广兰花标准化生产技术、开展新品种的研发。我们还将充分发挥兰花协会、兰花合作社和龙头企业的示范带头与帮扶作用，促进农业产业化发展。此外，我们要借助粤台农业合作试验区翁源核心区的平台，加强与外企合作，提高科技研发水平，引进兰花新品种和新技术，实现合作共赢。

在资金方面，我们正积极创新招商方式，建立金融平台，引进实力强大的投资主体，以兰花专业种植公司和国企央企的引进、旅游项目的开发作为招商重点，科学规划设计，落实特色小镇的政策，稳步推动兰花小镇建设项目落地。

□ 曹嫒嫒　毕式明　欧楚欣

（2017年9月21日）

茂名市信宜市钱排镇
中国三华李第一镇将建县域副中心

【小镇名片】

钱排镇位于信宜市东北部，距离信宜市区44公里，全镇总面积205平方公里，全镇森林覆盖率达68.73%，是远近闻名的三华李之乡、长寿之乡、淘金之乡、风车小镇，被列为信宜市的县域副中心。

钱排独特的高寒气候造就了发展三华李、大芥菜等特色产业的有利条件。钱排三华李冬春开花时节，漫山遍野银装素裹，被誉为“南国香雪”；夏季果熟，以个大、色艳、汁浓、肉脆、绿色无公害而誉满省内外。

近年来，钱排镇党委政府立足高效三华李产业优势，因地制宜引导群众发展特色产业，成为全省种植面积最大、产量最高、质量最优的镇级三华李生产基地。随着三华李产业链不断延伸，钱排不断完善镇内基础设施，筹办李花节、品果节，促进观光旅游第三产业发展。

钱排镇位于茂名信宜市东北部，距离信宜市区44公里，东与平塘镇、合水镇两镇交界，是远近闻名的三华李之乡、长寿之乡、淘金之乡，中国三华李第一镇、风车小镇。

近年来，钱排镇党委政府立足三华李的产业优势，因地制宜引导群众发展特色产业，积极延伸三华李产业链，并与“八山一水一分田”的旅游资源结合起来。

2017年9月6日，茂名市委书记李红军出席县域副中心建设现场会时强调，要扎实推进县域副中心建设各项工作。钱排镇被列为县域副中心后，将抢抓发展机遇，扎实推动特色农业、生态旅游、基础设施等加快发展，提升城镇承载能力，全力打造县域副中心。

完善基础设施　提升城镇承载能力

城区（镇区）是县域的经济、文化、商贸中心。城区的建设，是县域副中心建设的“龙头”，也是进一步推动城市提质向乡村延伸，实现县城产业和人口“双倍增”，拉开建设框架，扩大县城规模的题中应有之义。

当前，钱排镇正按照茂名市委的指导意见，加强基础设施建设，全面提升城镇承载能力。

钱排镇委托广东省规划设计研究院，按建设一个小城市的标准，对全镇总体规划和控制性详细规划进行高标准修编，充分将镇域的区位优势、自然资源、人文资源、产业资源等优势和资源重新整合、优化，着力打造一个既有现代化气息，又能让人记得住乡愁的山区小城。

按照规划，该镇镇区规划控制面积为11.08平方公里，预计到2020

年，镇区人口为4.5万人；2030年镇区人口为6.8万人。目前规划已经经过四次修改，即将形成征求意见稿。

随着高标准规划的逐渐完善，钱排镇也将继续大力实施“五个一”工程、城乡清洁工程，促进城乡面貌根本改善；结合精准扶贫、农村人居环境综合整治和省定扶贫村社会主义新农村示范村建设，以点带面，大力推进新农村建设；以人为本，做好涉及民生重点项目的谋划建设，目前该镇的汽车站、综合医院、体育中心、云茂高速出入口及连接线建设、客家商业街建设等13个项目正在加快推进。

钱排镇坚持“跳出钱排看钱排，跳出小镇建小城，城镇建设交通先行”的理念，充分发挥交通引领作用，以原有街区为基础，随着370省道升级为359国道，将钱新、钱排、钱上、双合、西垌五个村纳入县域副中心规划区域，并将镇区东西拓宽，南北拉长。

小镇在北拓上，将依托云茂高速连接线及国道359的规划建设，在钱新村一带规划建设新区、特色产业园区，作为钱排打造特色小镇的主要空间载体；南扩，将依托国道359，向南整合现有村庄，建设山水特色住区；东控，即对东部山体进行保护，发展生态休闲旅游，建设休闲绿道；西优，将整合零散村庄，依托国道359，建设山地型“村庄+景区”田园综合体，建设旅游别墅等。

突出产业支撑　增强镇域经济实力

产业发展是城市建设的“主心骨”，而钱排镇最出名的特色产业则是三华李种植，该镇更是远近闻名的三华李之乡、中国三华李第一镇，拥有全省种植面积最大、产量最高、质量最优的镇级三华李生产基地。

平均海拔高度500米以上，年平均气温18℃，独特的高寒气候造就了钱排发展三华李等特色产业的有利条件。钱排三华李是20世纪70年代引进种植，冬春开花，花期持续40天左右。花开时节，漫山遍野银装素裹，被誉为“南国香雪”。夏季果熟，产期为5月至7月，果实以个大、色艳、汁浓、肉脆、绿色无公害而誉满省内外。

● 钱排镇因地制宜引导群众发展三华李种植（杨丽摄）

钱排镇党委政府立足三华李产业优势，因地制宜引导群众发展特色产业，全镇种植三华李面积达到8.5万亩，年产值4.8亿多元，人均单项收入达到6600多元，为名副其实的“朝阳产业”“黄金产业”。

县域副中心落户钱排以来，该镇坚持以产业发展为支撑，以创新驱动为引领，采取多项有效举措，调动一切力量，在多元发展、资源整合上下功夫，在稳定现有发展成效的基础上，不断加快产业转型升级步伐，进一步提升产业核心竞争力，为副中心建设筑牢坚实基础。

紧紧围绕三华李这一特色产业，钱排镇大胆探索和创新产业发展方式，坚持“产”“销”融合。钱排镇通过适度扩大规模、加强农技培训和技术输出，全面提高产品质量；通过拥抱“互联网+”，大力发展电商、建立电商物流园、建立完善现代物流配送等方式，拓宽销路、做大市场。

为改变三华李以鲜果为主的单一销售经营模式，进一步延长三华李的产业链条，钱排镇与华南农业大学合作，成功研发了三华李红酒，并于2016年底引资成立了三华李酒厂。目前该厂已建成试产，2018年三华李上市后将正式投产，每年可消化三华李500多吨，年产三华李红酒100多吨，年产值1100万元，创税200多万元，将有效带动全镇群众奔康致富。

除此之外，钱排镇四面环山、昼夜温差大，具有春暖迟、秋冷早、霜冻长的气候特点，十分适宜种植大芥菜、蕉芋粉。“霜打芥菜赛腊肉，钱排蕉芋（粉）第一等”正是广大顾客对它们的评价，未来都将作为该镇的特色产业来打造。

挖掘资源优势　发展生态旅游

素有“八山一水一分田”之称的钱排镇，自然风光秀美，旅游资源丰富，产业基础扎实，辖区内有鹿湖顶、白马坪、森林公园、凌十八故居等众多风景名胜。发展旅游服务业的“先天优势”，让该镇在乡村游、生态游方面已积累了相当经验。

为打造与县域副中心定位相匹配的旅游服务业，钱排镇将继续结合李花节、品果节等大型节会，整合鹿湖顶、森林公园、银杏观景林带等旅游资源，继续开辟精品旅游线路，完善旅游配套设施，打造“钱”字号旅游品牌，尽最大努力将钱排打造成玉都的“游乐园”“聚客厅”，让旅游业成为推动县域副中心建设的经济动力。

目前，钱排镇正不断完善镇内基础设施，促进观光旅游第三产业发展，年接待游客已经达到70万多人次，并成功构建起“春赏花、夏品果、秋观叶、冬休闲，四季曲不断”的生态旅游格局。

“云茂高速在钱排设置出入口，给钱排带来了‘高速福利’。”钱排镇党委书记唐仁强表示，钱排镇将用好云茂高速这条“致富路”，将交通的大提升与县域副中心的大建设紧密结合起来，把交通优势转化为发展优势，深挖潜力，积极走出去、大力引进来，借力路通财通，推动三华李产业与乡村旅游产业深度融合，力争用10年左右的时间将钱排打造成“全国知名的三华李之乡、广东旅游避暑胜地、粤西客都森林小城、信宜市县域副中心”。

□ 陈彧　顾大炜　杨维　何权辉

（2017年12月26日）

叁

和·融合之镇

东莞市黄金小镇
整合“黄金资源” 打造文旅高地

【小镇名片】

“黄金小镇”位于东莞市厚街科技工业城，总占地约375亩，总建筑面积约80万平方米，项目分三期开发。该小镇根据欧洲产业小镇的先进理念，以总部工坊、智能产业大厦、产业服务中心、设计研发中心、商务公馆等为核心，集研发加工、展销贸易、创意作坊与商业体验、工业旅游、文化体验于一体，并依托全产业链融合金融服务的创新模式，构筑全国首个黄金珠宝产业全生态链特色产业小镇。该项目计划投资20多亿元，计划用三年建成，建成投产后2年内可实现加工黄金200吨、销售收入约800亿元，税收贡献超4亿元。

当前，特色小镇发展模式已上升至国家战略层面，我国计划到2020年培育1000个左右特色小镇，引领带动全国小城镇建设，促进经济转型升级。

在此背景下，信泰集团在东莞厚街30多年黄金珠宝业发展沉淀的基础上，顺应行业发展趋势，通过专业规划，集聚深圳、广州等地黄金珠宝业行业外溢的资源，打造黄金珠宝产业全生态链产业特色小镇——黄金小镇。

黄金小镇预计创造逾万个就业岗位，将助推黄金珠宝产业升级，在带动区域经济发展、促进东莞产业多元化、丰富城市文化旅游业态方面，发挥特色产业小镇的独特作用。

● 黄金小镇通过创新资源整合形式，为黄金珠宝产业提供了强有力的支撑（孙俊杰摄）

广东省社会科学院企业研究所副研究员严若谷博士认为，黄金小镇是“小镇创造企业，企业成就小镇”的典型代表之一。从长远来看，厚街乃至东莞需要一个城市的消费中心，黄金小镇也具备这样的潜力，打造集聚人群的黄金珠宝消费体验中心，为城市的发展注入新力量。

产业优势：将创造万余就业岗位

早在20世纪70年代，东莞厚街就出现了为香港代工的金银首饰厂。这家工厂的产品因为工艺精湛和品质上乘而远近驰名。

这家工厂不但走出了像信泰集团这样的行业巨擘，更为厚街的黄金产业发展发挥了重要作用，实现了黄金产业人才、技术和市场的积累。

30多年来，黄金珠宝产业在厚街不断发展壮大。据统计，中国近八成的黄金珠宝加工量源自广东。近年来，厚街黄金珠宝产业年加工量近200吨，加工量占整个广东省近半，成为我国黄金珠宝业的重要聚集地之一。

黄金小镇也正是在这样的背景下应运而生。

与传统产业园的模式截然不同，黄金小镇根据欧洲产业小镇的先进理念，以总部工坊、智能产业大厦、产业服务中心、设计研发中心等为核心，集研发加工、展销贸易、创意作坊与商业体验、工业旅游、文化体验于一体，并依托全产业链融合金融服务的创新模式，构筑全国首个黄金珠宝产业全生态链特色产业小镇。

据介绍，黄金小镇是东莞市的重大项目之一，并且成为东莞市产业转型示范基地。其总占地约375亩，总建筑面积约80万平方米，项目分三期开发，首期三年内落成开放。信泰集团计划投资20多亿元，建成投产后2年内可实现加工黄金200吨，销售收入约800亿元，税收贡献超4亿元，并且可以带来逾万个就业岗位。

信泰集团总裁王瀚康说，信泰集团本身具有黄金珠宝产业的基础，具有行业号召力，将以开放的心态合作共赢，把为行业提供高品质的服务和产品作为使命。

严若谷表示，中国是黄金生产和消费的大国，促进生产和消费的融合既是有待突破的新领域，更是行业发展的新商机。

黄金小镇正是这样一个融合了生产和消费的专业平台。未来，东莞及周边地区的消费者要购买黄金珠宝产品，黄金小镇将是第一选择。在黄金小镇，消费者不但可以与黄金珠宝品牌面对面接触，更可以直接面对工厂和设计师，去除了所有的中间环节，还可以享受到VR看珠宝、私人订制等服务和体验。

定位优势：深度整合打造双核驱动新格局

2016年，全球黄金珠宝销售额为3160亿美元，2020年将达到6330亿美元。中国作为全球最大黄金生产、消费国，2016年国内累计生产黄金约450吨，消费黄金约975吨。虽然市场增长迅猛，但中国人均黄金珠宝拥有量仅为发达国家的十分之一，黄金珠宝业发展空间巨大。

● 黄金小镇研发设计中心（孙俊杰摄）

广东承担中国近八成的黄金珠宝加工量，深圳罗湖是中国最大的黄金珠宝交易市场，广州番禺也是黄金珠宝产业的聚集地。而黄金小镇正好处于距离番禺和罗湖1小时车程内的“黄金区位”。

拥有粤港澳大湾区经济发展风口利好与雄厚产业基础，厚街黄金产业已成为深圳罗湖乃至全国黄金珠宝市场的生产供应基地，年产值达750亿元，未来几年年产值将超千亿级别。

业内人士分析认为，随着产业升级转型，罗湖正处在从原生的传统加工向研发设计、营销贸易升级发展的变革时期，发展空间趋近饱和，产业外溢成为必然，这一趋势同样发生在番禺。

在这个时间节点上，高规格规划建设的黄金小镇应运而生，将吸引众多行业巨头抢滩发展，有望与深圳罗湖形成中国黄金珠宝产业双核驱动新格局。

目前，黄金小镇已重点针对中国黄金珠宝龙头企业、品牌商、制造商进行洽谈招商，推动龙头企业和品牌企业入驻项目设立区域总部。截至目前，已成功引进一批黄金珠宝龙头企业，并与多家龙头企业建立战略合作和达成入驻协议，包括老凤祥、中国黄金、中国珠宝、金一文化、盛峰首饰、嘉言珠宝等行业龙头。

业界人士对黄金小镇所采用的新模式颇为看好。中国黄金协会副会长崔建国表示，黄金小镇是黄金珠宝产业发展的新模式、新形态，有望通过多方共同努力，打造成产业发展的新标杆。

世界黄金协会中国区行业拓展总监陈志君则认为，黄金小镇有望成为产业创新发展的重大突破，打造成为珠三角乃至亚洲的黄金珠宝生产基地。

“生态”优势：文旅体验提升消费层级

在设计研发中心制版打样，到高层智能工厂生产加工，回到总部工坊展览销售，产业服务、商务生活、观光休闲一条线贯通；在黄金珠宝博物馆探访饰品演变的历史脉络，到专业展馆品鉴珠宝，现场观摩能工巧匠的非凡技艺，边逛边“淘金”，每段旅程都有新故事；在这里，游客随时可以与知名设计师交流……

一个围绕黄金珠宝产业链条形成的生态系统正在逐步成型。

“黄金小镇不仅是一个专业产业园，也是一座主题文化体验园，既全链条解决产业发展问题，又深度扩大产业价值，打造一个集绿色、生态、休闲、居住、人文于一体的产融结合的发展空间。”信泰集团产业板块相关负责人介绍，黄金小镇将以“旅游+”“互联网+”发展新模式、全产业链发展平台运营新模式等特色，打造一个具备全国影响力的黄金珠宝产业变革平台。

接下来，黄金小镇还计划与国家有关检测机构、中国地质大学合作，建立中国黄金珠宝新材料研究院，面向黄金珠宝行业提供新材料研发、检测服务，加快黄金珠宝产业新材料应用，促进产业升级；计划与大型央企合作，共同打造中国珠宝文化创意产业园，黄金珠宝首饰创意设计、文化体验、展销主题中心。

目前，黄金小镇一期已经全面动工，预计2018年5月营销中心将正式投入使用。说到未来黄金小镇的发展，王瀚康信心十足。他说，黄金小镇可承载超过1000家黄金珠宝企业入驻。更重要的是，黄金小镇预计每年吸引游客和消费者超过千万人次。

“黄金小镇肩负着引领厚街镇乃至全市黄金珠宝产业全面升级发展的重任。”东莞市厚街镇委副书记李惠勤评价说。

据介绍，黄金小镇也是厚街镇“十三五”期间重点发展的产业项目。事实上，黄金珠宝产业由于具有高产值、高附加值的特点，作为一种绿色经济产业，近年来成为厚街重要的支柱产业和新时期重点扶持发展的战略性新兴产业。

随着多个产业项目投用，黄金珠宝产业正成为厚街镇乃至东莞市一张耀眼的“产业新名片”。

□ 宋文博　卢真伟

（2017年12月26日）

梅州市梅县区雁洋镇
念“山水经” 吃“绿色饭”

【小镇名片】

雁洋镇位于粤闽赣三省交界的梅州市梅县区东北部，是叶剑英元帅的故乡、全国重点镇、广东省中心镇。全镇总面积188平方公里，山林面积22万亩，绿化率达76.8%。雁洋辖27个村，2个居委会，282个村民小组，总人口33525人。

雁洋生态优美，古时多为湖洋低洼水田，大雁成群，常聚于此，故名“雁洋”。近年来，在生态文明建设、新发展理念的引领下，雁洋镇走出生态、文化、旅游、农业、农村于一体的绿色发展之路。全镇有1家国家5A级景区、3家国家4A级景区及阴那山五指峰、桥溪古韵共六大旅游景区。全镇生态产业集聚，有3家省级农业龙头企业、3家A股上市公司、2家新三板上市公司、1家美股上市公司及华银集团等近百家企业。2016年，雁洋镇农村经济总收入100.1亿元，同比增长7.4%，固定资产投资8.09亿元，同比增长54.3%，规模以上工业总产值26.21亿元，“两税”收入9.1亿元。

雁洋镇先后获得“全国文明村镇”“中国十大美丽乡镇”“广东省诗词之乡”“广东名镇”“广东省宜居示范城镇”等荣誉称号。2016年，雁洋入选第一批“中国特色小镇”。

8月的阳光十分猛烈，走进粤东山麓阴那山下的阴那村，薄雾缭绕，涧水潺流。

“我家种的绿茶，全生态、香；山里的鸡骨草，消炎……”77岁的陈秀英冲了壶绿茶，给暑期到访的游客们介绍客家特产。她和儿子李赞隆在村口开起了小店，虽是小本生意，却经营得有声有色。

这是老人“不曾敢想的生活”。李赞隆读初一那年遭遇了一场大雨，湿答答的衣服贴在身上，竟得了风湿病，还落下残疾，家里成为村里最苦的家庭。“不读书了，只能学做衣服之类的，总要谋生。”李赞隆说。

改变命运的，是绿色发展。近年来，生态文明建设和绿色发展理念深入南粤大地。作为“八山一水一分田”山区的典型代表，雁洋镇创新机制，引领群众念好“山水经”，共建共享生态资源，实现绿色产业集聚发展，绿水青山切实变为“金山银山”。

坐上生态旅游的列车

阴那村毗邻雁南飞茶田和雁鸣湖旅游度假村，千年古刹灵光寺坐落在村内。“景区相连，吸引游人，游客量每年增加，农副产品有较好的销路。”李赞隆告诉记者，在旅游的拉动下，“身残志不残”的他，种起了茶叶，卖起了特产。

“全村900多人，大部分村民都在旅游产业链上。”阴那村村支书陈小菊说，为了更好地融入绿色发展，该村与周边村庄联动，建设有客家特色的美丽新村。

相隔数公里远的南福村，绿色的“柚海”在风中翻动。该村整合125户330多个果园，打造出3000多亩的休闲金柚公园。

三高农业与特色旅游的有机结合，吸引了90后大学生黄裕济。毕业后，与大多数年轻人追求留在城市不同，黄裕济选择回家，创办“裕兴农业服务超市”，专业提供以金柚为主的农资服务。在金柚公园内，黄裕济家也有近30亩果园，每年产量约8万斤，仅柚子的年收入就有10多万元。

“全镇8000多户人家，有超过一半的家庭都在旅游产业的列车上，全镇农家乐、旅店数量超过300家。”雁洋镇党委书记王宏基告诉记者，旅

雁洋镇风景（万稳龙摄）

游产业的发展有很强的辐射作用，该镇金柚、茶叶、葡萄、火龙果等农副产品多元丰富。同时，农村剩余劳动力的就业问题得到解决，景区、学校吸引就业1500人以上。

数据显示，2012年，雁洋镇旅游人数为337万人次，旅游收入27.9亿元。至2016年，全镇旅游人数为745万人次，旅游收入79.1亿元。其间，全镇农村经济总收入由72.76亿元，上升至100.1亿元。

“红色文化，雁洋是叶剑英元帅的故乡；生态休闲，雁洋有雁南飞茶田、雁鸣湖旅游度假区。我们村村联动，建设美丽乡村，发展客家民俗、饮食文化；我们弘扬‘足球之乡’文化，吸引富力足球学校落地……”王宏基认为，从发展三高农业，到发展特色文化旅游产业，雁洋一直坚持绿色发展理念，走出集生态、文化、旅游、农业、农村等于一体的绿色发展之路。

雁洋镇桥溪村中至今仍有客家特色建筑（万稳龙摄）

共建共享　凝聚发展力量

雁洋镇位于粤闽赣交界地区，距广州、深圳5小时车程。与很多欠发达山区相似，“八山一水一分田”，如何将生态优势转化为发展优势，一直是道难迈的坎。

桥溪村位于阴那山五指峰西麓，离镇区约8公里，村里常住人口40多人，户籍人口200多人，旅居海外及港澳台的则有约6000人，是隐藏于大山的“华侨村”。村中至今仍保留着继善楼、世德楼、宝善楼等客家特色建筑。

“森林一样的地方，猴子都不用着地。”这是历代村民对村里生态的赞许。“但在过去，这里不通路、不通电，村民只能‘走出去’谋发展。”朱新辉说，到2010年，美丽的生态和独具特色的文化，吸引了很多游客前来，“农家乐渐渐多了，乱搭建、乱排污，污染严重……”

朱新辉说，为了凝聚群众力量，桥溪村在开发中突出“共建共享”，一方面做通群众工作，拆除违建，一方面保障群众利益，明确门票收益的25%归村里所有。

2013年，桥溪村景区对外开放。到2016年，村人均年分红3000多元。“切实得到了实惠，大家都支持发展。”朱新辉说。

将散乱的资源，通过整合挖掘，使生态、文化、农业等资源实现聚变，是将绿色优势转化为发展力量的重要途径。

雁南飞茶田有限公司总经理谢斌对此颇有感触。谢斌是雁南飞从茶田到茶园、从茶园到景区的亲历者，扎根20多年，他一直在做的，就是整合旅游与农业，引领农业生产和经营规模化、专业化发展。

“整合的过程是艰苦的。”谢斌举例说，一次，他与一位杨姓村民商量征收果园时，村民直接跪在他面前，“怕果树没了，活路就没了”。为此，谢斌引导村民转为景区工作人员，景区逐年发展，村民收入随之涨高，供完孩子读完大学后，杨姓村民专门前来感谢，“帮他早早放弃低端生产，抢了转型先机”。

如今，雁洋镇处处是风景，田间地头透出丰收的景象，在数十公里的土地上，生态文化旅游产业群正在集聚。目前，全镇有1家国家5A级景区、3家国家4A级景区及阴那山五指峰、桥溪古韵共六大旅游景区。

吸引新兴产业集聚

雁洋镇镇长刘志刚认为，绿色发展使村民“家门口就有饭吃”，一些社会问题迎刃而解。

而更让当地群众期待的，是近年来，一些生态环保的特色新兴产业正在雁洋兴起。

“苹果、三星、华为、新能源汽车等很多产品使用的铜箔，都是我们这里生产的。”走进嘉元科技股份有限公司的生产车间，机器正在旋转，

雁鸣湖景区（万稳龙摄）

将微薄的铜箔送入各个生产工序。公司董事长廖平元高兴地告诉记者，该企业是绿色环保产业，正是看中了雁洋的生态和人文基础，他们才落地雁洋，并抓住有利先机，扩大生产规模。

铜箔产业，是随着智能手机、新能源汽车等产业的发展，而兴起的新兴产业。此前，受资源和技术限制，全球铜箔的生产主要在美国、日本等国，市场供需十分紧张。

至2017年6月10日，该公司已拥有知识产权190项，其中技术专利111项（含国家发明专利20项、实用新型专利91项），注册商标5项（含广东省著名商标2项）；拥有科技成果76项，其中省级高新技术产品12项，省名牌产品2项。

创新驱动发展。2015年10月，嘉元科技在新三板上市成功，成为国内首家进入资本市场的铜箔专业生产企业，也是梅县区第一家在“新三板”挂牌的企业。该企业前后三次融资约2.2亿元，不断扩大生产规模。

嘉元科技只是其中一个代表。目前，雁洋镇共集聚了3家A股上市公司“梅雁吉祥、宝新能源、超华科技”，2家新三板上市公司“嘉元科技、客家园林”，1家美股上市公司“卡莱轮胎”，实体经济发展势头良好。

【对话】

梅县区区委书记钟光灵：建设特色小镇　振兴县域经济

南方日报：近年来各地兴起的旅游景点很多，您认为雁洋镇“特”在哪里？

钟光灵：雁洋“特”在第一、二、三产业都走出了一条绿色发展的特色之路。长期以来，雁洋人坚持绿水青山就是金山银山的理念，通过政府主导、企业主体、市场运作、群众参与，推动第一产业和第三产业快速发展。

雁洋的第二产业以新型工业为主，有3家A股上市公司，1家美股上市公司，2家新三板上市公司。这些企业走出一条在绿水青山之下如何发展工业的新型发展之路。雁洋在第一、二、三产业都有基础，能互为补充，互为融合。

南方日报：在加强特色小镇建设的过程中，梅县区如何引导群众共建共享？

钟光灵：我们注重把惠民优旅的理念贯穿于各项工作，尤其是获评全国首批特色小镇后，我们精心做好规划，坚持因地制宜谋划功能产业布局、风格风貌管控、开发强度控制等，加快推动项目落地，推进环镇路改造，补齐民生短板。同时，我们突出精细化管理，不断提高文化旅游产业整体发展水平。

南方日报：目前各地都在大力推进特色小镇培育工程，梅县区将如何发挥雁洋镇的建设示范效应？

钟光灵：雁洋镇是梅县区特色专业镇的代表。我们将以雁洋镇为示范点，不断探索总结经验，在特色文化、基础设施、产业发展等方面联动发力，争取打造更多名副其实的特色专业镇，通过发展特色小镇，为振兴县域经济提供更有力的支撑。

□ 汤凯锋　李春江　唐林珍　张蜀梅　许兆祺　翁尚华

（2017年8月9日）

茂名市化州市合江镇
剑指生态江湾新城 建设县域副中心

【小镇名片】

合江镇位于化州市中北部，距化州市区45公里，罗江、陵江交汇于此，自然风光美丽怡人。全镇土地总面积176.2平方公里，2003年被定为广东省中心镇，现被茂名规划为化州县域副中心。

合江镇地理位置优越，是具有1400年历史的南方古镇，六王巍峨、天堂嶂立等各色美景引人入胜，历史文化底蕴深厚。2013年来，合江镇投入5200多万元实施高标准农田建设工程等，农业基础设施进一步完善，并成功催生农旅融合新业态。目前，全镇共有工业企业26家，规模以上企业8家，逐渐成为化州北部城镇物流集散地。

茂名市政府与广东省丝绸公司签署战略合作框架协议，双方将共同努力构筑粤西茧丝绸产业生态圈，打造合江丝绸特色小镇。

位于化州市中北部的合江镇，省道284线、285线呈“X”形交叉穿行，历来为广东、广西重要交通枢纽，是具有1400年历史的南方古镇，六王巍峨、天堂嶂立等各色美景引人入胜，历史文化底蕴深厚。

2017年，茂名市委、市政府确立了合江镇作为该市的四个县域副中心之一。茂名市委书记李红军出席县域副中心建设现场会时强调，要扎实推进县域副中心建设各项工作。

以推动乡村振兴，提升农民的获得感为目标，合江镇将紧紧抓住建设县域副中心这一历史机遇，坚持生态江湾新城发展定位，紧紧围绕公服名镇、产业重镇、商贸强镇、旅游旺镇发展目标，坚定实施乡村振兴战略，推动合江实现跨越式发展，给群众带来更多实实在在的获得感。

“小城市”格局初现

“人文历史悠久、地理位置重要、资源优势明显、基础较为完备等条件，都是化州选择合江镇作为县域副中心的原因。”化州市委书记黄永表示，化州市委已经确立了合江镇“产业重镇、公服名镇、商贸强镇、旅游大镇”四大发展定位，提出了打造“区域带动、布局合理、功能完善、生态宜居、特色鲜明”生态江湾新城的工作目标。

按照发展定位，合江县域副中心规划近期建设用地面积5平方公里，人口规模为5万人；远期建设用地面积10平方公里，人口规模为10万人，远期城镇化率达到或超过60%。通过推动江北、城西、江东、江南四区进入建设阶段，拉开合江城镇发展建设架构，初现合江“小城市”格局。

随着对政策资源进一步整合，一批区域性交通路网、教育文化、医疗卫生、抢险救灾、安保维稳等配套项目逐步上马建设，推动公共服务往基层延伸，加快美丽乡村建设。

如化州市第二人民医院的升级改造项目，便已经在2017年9月动工；镇级污水处理厂即将建成使用；区域性合江公共行政服务中心、公安分局、消防分局和健康产业园等项目建设正全面推进。

未来，合江将建成宜居宜业的生态江湾新城，打造化北公共行政服务次中心，辐射服务合江、江湖、林尘、中垌、平定、文楼、那务、播扬、宝圩等北部9个镇，给群众带来更多实实在在的获得感。

打造美丽旅游乡村

油菜花灿烂，百香果美味，乡村道路宽阔……2017年年初，合江镇大埇村内游人如织。大埇村是合江首个新农村建设示范点，随着新农村建设不断推进，农业生态旅游得到了发展的土壤，正不断在合江镇结出丰硕的成果。

2013年以来，合江镇投入5200多万元实施高标准农田建设工程等，农业基础设施进一步完善，并成功催生农旅融合新业态，全镇在2017年春节迎来了合江首个旅游高峰。村民创建美丽家乡的热情被彻底点燃，掀起了打造美丽旅游乡村的热潮。

在建设美丽新农村的道路上，合江镇从不止步。合江镇坚持不懈地推进以“大清洁，乡村美，创建幸福村居”为主题的城乡清洁活动，目前已在全镇铺开，并已从初步的净化进入美化阶段。

通过加快农业结构调整，合江镇将引导群众重点发展蚕桑、化橘红、沉香、水果、罗非鱼等特色农业，建设一批农业生态园和田园风景区；加快农旅融合新业态蓬勃发展，拓宽农民增收渠道。

合江镇大埇村美丽旅游乡村（梁绍聂摄）

“美丽乡村”创建活动下，合江镇统筹推进扶贫开发与新农村建设，全面启动乡村规划，统筹推进城乡清洁工程和中小河流治理，深入实施村庄“三清三拆三整治”和美化、绿化、亮化“三化”行动，让路灯照亮农村的道路，让园林花卉走进乡村，让花草点缀乡村的美丽，让农村与城市居住小区相媲美、争舒适，留住“乡愁”。

加快周边产业集聚升级

合江是农业大镇，蚕茧加工业、木材加工业较为发达，并与周边那务、平定、中垌等镇的化橘红、水果、油茶、碳酸钙加工等产业形成互补。

围绕现有的特色产业基础，2017年，茂名市政府与广东省丝绸公司初步达成合作意向，将共建合江丝绸特色小镇。通过建设集丝绸产业园、丝绸产品批发市场、丝绸研发中心于一体的丝绸特色产业园，将合江丝绸产业园打造成为粤西的丝绸加工核心基地，促进第一、二、三产业融合发展。抓实产业园区这一载体，在城西区建设规模约1000亩的城西产业园，致力引资加速建设饲料、蚕茧、建材等产业。

为加快发展商业，合江镇精心谋划，高起点、高标准规划建设功能完善、设施齐全、辐射效应强的综合大市场，力促合江成为人流、物流、客流、商流汇聚的区域中心。

以农村淘宝为抓手，以京东、圆通、顺丰等物流业建设为重点，培育和壮大农村电子商务经营主体，形成保障健全、配套完善、产业相对集聚的农村电子商务格局。

不断完善的交通网络，正使合江加快发展成为贯通化北物流大发展的重要通脉、远近闻名的商贸流通城市。

“未来，化州市将重点打造合江发展平台，加快周边产业集聚升级，将极大地促进周边经济繁荣，培育县域经济新增长点，提升化州经济实力。”对合江镇的发展，黄永充满了期待。

【重大项目】

成立化州市行政服务中心合江分中心：建设功能上与市行政服务中心完全对接的化州市行政服务中心合江分中心，为企业、群众办事创造便利服务环境。

实施“三江六岸”美化绿化工程：2018年全面启动“三江六岸”整治工程，将之作为核心区加以规划建设管理。开展绿化亮化美化工程，安装路灯，种植花卉，把江堤建成沿江休闲路，为居民提供休闲场所。

合江拦河坝（梁绍聂摄）

建设府前广场：投入8000多万元建设府前区，建设江城广场，修筑亲水平台、音乐喷泉等系列公共服务设施，彰显城市魅力。

开发江北区：对镇政府后面460亩土地加以开发利用，建设江北区。打造繁荣商业中心，推动诞生合江新城，形成集聚效应。

建设玉茂一级公路：全力支持玉茂一级公路的过境规划建设，以此为突破口疏通交通网络。

医院升级改造：按照“二甲”的标准对化州市第二人民医院进行升级改造，新建一幢占地面积600平方米、建筑面积3000平方米的医技楼和一幢占地面积1400平方米、建筑面积25000平方米的综合楼，新增床位450张，积极创建省卫生强市称号，提高医疗水平，力争成为化北医疗中心。

建设化一中合江分校和江北小学：引入社会资本建设纯高中化一中合江分校，面向全市招生，按照私立公办的模式办学，面积约300亩，在校生规模约5000—10000人，总投资约3.2亿元；江北小学面积约100亩，在校生规模约3000人，总投资约1亿元。

建成镇级污水处理厂：为实现“合江水更清”，坚定推进合江污水处理厂建设，在2017年年底建成投入使用。

建设自来水厂：通过PPP模式，建设一座占地面积30亩、日供水量5000吨的自来水厂。

搬迁合江客运站：将把合江客运站搬至江北区，建设用地规模约80亩，总投资1.1亿元，2018年年底动工建设。

建设六王山森林公园：建设集休闲、娱乐、旅游、度假、饮食于一体的23000亩省级森林公园，争创省级森林公园。

打造百足岭生态公园：投入200多万元建设市级生态公园——百足岭生态公园，把百足岭生态公园打造成为廉政教育、党建基地，为居民提供休闲活动场所。

□ 陈彧　顾大炜　宋海秀

（2017年12月26日）

汕头市潮阳区海门镇

一“渔”多吃帆启航 千船齐发鱼满仓

【小镇名片】

海门镇，属汕头市潮阳区，地处广东省东南部沿海练江出海口，濒临南海，呈半岛之状。全镇总面积38.5平方公里，其中陆地面积27.8平方公里，海域面积10.7平方公里，海岸线长20多公里。全镇总人口12.1万人，下辖16个村（居）委会，4个渔业联社。

海门镇内的潮阳港是国务院1996年批准设立的一类口岸，广东省对台贸易重点口岸，距汕头港20海里。海门渔港是汕头首个国东中心渔港，近、中海捕捞渔场面积达8400平方公里，有鱼、虾、贝等水产品种2000多个，海产品十分丰富。

海门镇历史悠久，文化底蕴、旅游资源均十分丰富。2015年，海门入选全国特色景观旅游名镇；2017年3月，汕头市推荐海门潮汕风情渔港小镇申请创建广东省特色小镇；2017年8月，海门镇入选全国第二批特色小镇。

如果说海门是一个身躯，中心渔港则是海门的胃。

2017年8月17日凌晨4时，鑫隆饭店采购员陈润强已忙活了一个多小时。小白沙50斤、黄油蟹20斤……他瞟了一眼手中的采购单，继续加入热闹的“抢货”大军；离他十几米的码头，“粤潮阳渔1218号”正徐徐靠岸，船员阿来把一箱箱“那哥鱼”往岸边搬。

这是开渔后的第一天，闭市良久的中心渔港重现往日的生机，几十艘渔船沿岸排开，一箱箱海货次第送达，吆喝声讨价声此起彼伏。这是海门人熟悉的节奏，仿佛只有等渔市开张之后，海门才能称之为海门。

海门镇位居汕头潮阳区东南端，因地处潮之阳、海之门而得名。在8月国家住建部发布的“全国特色小镇”名单中，海门镇因渔业产业深厚、旅游资源丰富位列其中，一个“渔业+旅游”的特色小镇呼之欲出。

渔业下滑　政府补贴

2017年8月16日晚，新四海捕捞有限公司负责人陈海欧一直等待着来自东经115°—119°海域的消息，中午12时“开渔”期刚过，新四海旗下15艘渔船竞相前往该区域捕捞。17日凌晨3时，“粤潮阳运32302号”满载而归，这让等着饮“头啖汤”的陈海欧松了口气。

这是陈海欧“做海”的第十个年头。大约从2000年开始，陈海欧一直在海门港做“代卖鱼”生意，当时他没有自己的渔船，只能帮着来自粤西的渔船卖鱼。2007年，看出了生意门道的陈海欧从香港人手中购得一条二手船，开始自己的海洋捕捞事业。

第一条渔船是木制的灯光围网船，代号“粤潮阳62001”。捕捞是一门技术活，核心竞争力在于船的马力、结构以及捕捞方式，此外还在于掌舵的“船老大”的经验，靠其判断哪里的鱼数量大。陈海欧广招本地“船老大”，事业开始扩张。

到了2012年，新四海旗下木船已达8艘，然而事业却面临瓶颈。受马力局限的木船只能到达附近海域，而连年捕捞之后近海的资源已逐年减少，且木船最多只能抵御6级台风，每次海风稍大即无法出海。

2012年之后，潮阳区推进“改木建钢”政策，即把小型或木质渔船改造为大马力钢质渔船，对更新改造的渔民予以部分货币补助。对陈海欧们来说，这是一个千载难逢的机会，但“改木建钢”也带来了不小的资金压力。

陈海欧一咬牙，经多方筹措将船队扩张到15艘，新增的渔船多为使用“流刺网”技术和“拖网”技术的钢船，誓要“杀出一条血路”。

这种拼劲，更多得益于潮阳区、海门镇对于渔业经济发展工作的保驾护航。

海门镇委书记郑学彤介绍，海门镇的渔业有着辉煌的历史，20世纪七八十年代，“千船齐发鱼满仓”是当时的情形写照。随后因为大部分木质结构渔船已经跟不上形势发展，渔民队伍青黄不接，渔业开始逐渐下滑。

危机之下，潮阳区、海门镇积极自救。2015年3月，郑学彤所在代表团在潮阳区人大会上提出《关于扶持渔民发展钢壳渔船的议案》，被区人大列为大会第一号议案，大力发展渔业的战略思路亦被写入区政府工作报告中。

2016年起，潮阳区扶持渔民建造大功率钢质渔船的补贴方案开始实施，符合标准的渔船按规格每艘补贴20万—25万元；与此同时，海门镇使用多种方式鼓励青年劳力投身捕捞生产，多方提高渔民群众的海洋捕捞水平。

到2017年为止，海门全镇拥有各类渔船1099艘，总马力44175千瓦，作业机配置雷达、探鱼仪、卫星导航等先进助渔设备，全镇直接、间接从事渔业生产的劳动力达到44,345人，占总劳动力的六成以上。

靠海吃海　耕三渔七

海门人陈业楚原本在外省当公务员，却在2004年决定回到海门，跟着父亲一起养鲍鱼。他的父亲于20世纪90年代在海门成立南弘海珍养殖有限公司，苦心经营20余年，如今已有“开宗立派”的气象。

为父子俩的养鲍事业带来突破的是“南弘鲍”，该品种在厦门大学

汕头首个国家中心渔港海门渔港（肖雄摄）

科研机构的协作下由南弘海珍养殖有限公司研发培育，不仅具备养殖周期短、成活率高等特点，更因体积堪比澳鲍而被认为填补国内缺乏大鲍种的空白。

陈业楚认为，“南弘鲍”的技术领先市场至少3年，3年时间内他计划利用“南弘鲍”种苗的优势，整合养殖户和水产加工企业，将“南弘鲍”打造出一定的品牌效应，为海门的鲍鱼养殖行业带来革新之气。

这份雄心，根植于海门积淀雄厚的鲍鱼养殖产业之上。目前海门拥有工业化鲍鱼场5座，占地面积117亩，养殖水体36000立方米，年育苗和育杂交苗6500万粒，年创产值8172万元，成为海门镇一大特色产业。

以鲍鱼养殖为代表，水产养殖也是海门人引以为傲的传统。海门境内滩涂广阔，居民利用这种天然条件发展海水养殖，此外还有多宗山塘水库，亦适宜淡水养殖。天时地利之下，海门人将鲍鱼、虾、斑鱼、鲈鱼等

海门镇一海产品加工厂（肖雄摄）

养殖品种开拓创新，产生了巨大的社会效益。

渔场就在家门口，水产品加工企业难免闻风而动。汕头志远水产食品有限公司原本是一家山东的企业，因“追随”竹筴鱼的足迹，来到万里之外的海门镇建厂，海门附近海域能提供丰富的竹筴鱼，而竹筴鱼正是志远公司的主打产品。

志远公司厂长赵锦东称，公司从山东来到海门，除了看重此地得天独厚的渔业资源外，跟当地有一群技术娴熟的渔业能手也有关联。如今，志远的竹筴鱼产品已在该品种的加工业中做到全国第一，下一步希望带动海门海产品深加工领域的发展。

多年来，海门在发展捕捞、养殖的基础上，逐步引进、增资扩建一批以水产品加工为主的企业，按照“簇群集结、规模膨胀”的思路，形成“洼地效应”，将优良的水产品加工企业源源不断地引向海门。

通过建立贸工渔、产加销一体化经营组织形式，渔业从捕捞、加工、贸易、供给等方面形成一条扎实的产业链，逐步把海门镇建成全省知名的水产品加工基地和贸易基地。

郑学彤介绍，海门素有“耕三渔七”之说，大力发展海产品加工企业，提升海产品附加值，是繁荣渔业经济的一个关键点。“海门资源禀赋优异，靠海吃海的海门人对‘渔’字的理解深厚，我们就是要在‘渔’身上做文章。”

创新渔业　潮汕文旅

2017年7月21日至23日，住建部组织第二批全国特色小镇评选。在中国建筑设计院举办的现场答辩会上，由潮阳区区长张元武带队、郑学彤参与的海门“路演”团队这样总结海门的品牌定位：打造潮汕地区首个“创新渔业+潮汕文化旅游”的特色小镇。

8月消息传来，海门成功入围。

郑学彤说到这个目标有着十足的底气。在他眼里，海门就是个“无围墙的潮汕文化民俗博物馆”，笛套音乐、锣车鼓、英歌舞被誉为民间艺术三大瑰宝，龙舟赛、妈祖文化等民俗活动远近驰名，潮汕宗教信仰和慈善文化、民间建筑等都能在海门找到。

海门还拥有国家4A级风景区莲花峰风景区，以及“千户所”“东校场”等众多历史人文景观。在深厚的渔业经济和丰富的滨海旅游资源的加持下，海门具备极强的旅游项目可塑性。

在丰富的资源面前，如何有效整合是其中的关键。以前在旅游开发上，海门一直是“捧着金饭碗要饭”，多年来海门的旅游都以自由观光为主，没有互动，没有体验，没有动静结合，海门之“深”“厚”难以体现。

如今乘着“特色小镇”的东风，海门将“渔”业元素注入旅游，加大了旅游项目的配套，海上无边际泳场、特色文化广场、展览馆和演练基地等一大批项目将相继启动，实现渔业与休闲娱乐、观赏旅游的有机融合。

【对话】

海门镇委书记郑学彤：激活渔业产业链的附加值

南方日报：海门打造特色小镇，为什么要从渔业产业链入手？

郑学彤：特色小镇的生命力在于“特色”，打造特色要立足当地最有基础、最有优势、最具潜力的特色产业，避免“千镇一面”。

前些年渔业不景气，不是因为渔业没价值了，而是因为价值没有被挖掘出来。海门经过这么多年的建设，产业链非常完整，我们要做的就是激活渔业产业链的附加值，让渔业从业者享受到价值。

渔业产业链的附加值被挖掘出来后，要把渔业的收益普惠到更多的老百姓身上，受益的不仅是渔民，还要有普通群众。

南方日报：海门打造特色小镇存在哪些困难?

郑学彤：主要是资金，海门不是一个富裕的镇，传统渔业也不是一个高收益的行业，如何让渔民看到其中的效益，坚信这条路走得通，我们要做很多工作。“渔业+旅游”投资规模大、回报周期长，如何吸引各个层面的资金参与进来，这是难点所在。

另一个是人才，海门特色小镇内容丰富，四大功能区业态各异，无论建设和运营都需要人才。找到并吸引这些人才来到海门，参与海门的建设，这也是个挑战。

□ 陈晨

（2017年8月24日）

潮州市湘桥区意溪镇
让“高冷”木雕大众化

【小镇名片】

意溪镇地处潮州中心城区东部，距离潮州市区仅7公里，与潮州古城隔江相望，是市区东扩发展轴线上的重要节点。全镇总面积83.1平方公里，总人口4.9万人，下辖24个行政村和3个社区居委会。

意溪镇是国家文化部命名的“中国民间文化艺术之乡”（木雕）、广东省文化厅命名的“广东省民族民间艺术之乡”。该镇莲上村是木雕技艺重要传承地，近现代以来传承有序，现有国家级工艺美术大师陈培臣以及其他多名省级工艺美术大师。目前，莲上村及周边有众多木雕作坊，产业发展基础良好。

意溪镇山清水秀，自然环境优越，河内片区生态旅游资源丰富，桂坑水川流而过，村庄呈依山傍水的生态格局，并较好保持了原生村落形态。意溪“特色小镇”将以“历史传承、创新发展、生态宜居”为要求，把潮州意溪木艺小镇打造成世界级潮文化体验中心、传统技艺创新和传承平台。

陈培臣要回老家了。他出生于潮州市湘桥区意溪镇莲上村，13岁离开农村跟随父亲陈舜羌到城里学习木雕，一去就是55年。年近古稀的陈培臣凭借精湛的技艺成了国家工艺美术大师，但他一直有个心愿，希望能回乡开个展览馆。

如今这个心愿有望实现了。

2017年8月，在国家住建部公布的第二批全国特色小镇中，意溪镇成功入选。作为木雕传统技艺的重要传承地，近年来，潮州市紧紧围绕创新、协调、绿色、开放、共享的新发展理念，深入推进供给侧结构性改革和新型城镇化发展，建设美丽特色小城镇。意溪镇抓住契机，正全面推进“潮州意溪木艺小镇”的建设，在一期工程中，就有为木雕大师们打造的“大师艺术博览园”。

南方日报记者走访发现，意溪镇正以传统木雕为转型升级引擎，重点发展木艺产业，推进木艺全产业链重新布局。

一根原木雕出46只虾蟹

潮州中山路被誉为“工艺一条街”，门头上悬挂的各种传统技艺工作室招牌，彰显着这条街的历史底蕴。在这条马路的一角，陈舜羌木雕艺术馆客似云来。

陈舜羌木雕艺术馆二楼，68岁的陈培臣泡上一壶潮州工夫茶，向客人们讲述潮州木雕的往事。“当时潮州有个木雕厂，我父亲就在厂里工作，我也就跟着当学徒……”天赋极佳的陈培臣“青出于蓝而胜于蓝”，能在一根原木上雕出46只虾蟹，是潮州木雕非物质文化遗产的代表人物。

少小离家，老大思回。陈培臣想带着自己的作品，回莲上村开一个展览馆。莲上村，孕育了许多陈培臣这样的木艺人。曾经，为了谋求更长远的发展，大多木艺人离开了农村，他们聚集到潮州城里，活跃在中山路一带。

陈树典、陈树远两兄弟是回乡创业的先行者。陈树典师从陈培臣，陈树远则师从另一位木雕大师陈培希，两位均是“80后”年轻一代的代表。2013年，学艺有成的兄弟俩筹划着开一间工作室，聘请了几名工人，在自家大院里干了起来。

说起经济效益，兄弟俩坦言一般。意溪镇副镇长陈群雄说，长期以来，该镇木雕产业以传统手工艺的形态存在，创作模式恪守传统，生产模

意溪镇木雕大师工作坊，正在雕刻的作品“百鸟朝凤”（肖雄摄）

式主要为私人作坊，近年来出现部分小工厂。“传统形态较好地保存了传统木雕的原汁原味，但同时也制约了木雕技艺的发展创新，更制约着木雕产业的规模化发展。”陈群雄认为，木雕产业要取得发展，产生更好的经济效益，就必须转型升级。

“意溪木雕有大师、有技术，但是没产业、没规模。”湘桥区委常委郭焕镇说，要走出木雕产业的发展困境，就要从最关键的人才因素着手，让“飞出去的凤回巢”，有木雕大师，意溪木艺小镇才有发展的根基。

目前，意溪镇从事木雕的艺人有248名。按照规划，到2020年，意溪木艺小镇大师园区将建成，园区配套有大师艺术博览馆、木雕博物馆、工艺技术学院等设施。

要让木雕进入普通家庭

产业在变革，传统木雕艺人的观念也在发生改变，他们越发意识到，应根据市场的需求去供应商品。木雕大师卢进文对即将开建的大师园区满怀期待：“我们木艺人有了这样一个平台对话交流，也有利于对外宣传我们的产品。”

45岁的卢进文是省级工艺大师，家族四代人都是木雕艺人。2007年，卢进文、卢进群两兄弟在意溪镇西都村开了一间小工厂，兄弟俩锐意创新，在木雕生产上引入了部分器械。“机器可以用来打坯，还可以用机器来做一些工艺小礼品。”卢进文说。

卢进文认为，要扩大潮州木雕的影响力，应当把艺术融入日用品中，大力推广普通消费者市场。2005年，卢进文专程前往中央美术学院进修一个月，将西方美术、日本浮世绘的一些特点融入潮州木雕中。“潮州木雕的特点是密集的，排满了虾蟹等，现在就多了很多留白。”他说，这样的改变也是在迎合年轻人的审美。

兼顾高端收藏与普通消费市场，传统木雕工艺向两个方向发展。“要打造潮州木雕的产业链，既要坚守手工技艺，塑造木雕高端品牌形象，也要让木雕走入普通家庭，成为用得起的工艺产品。”陈群雄介绍，意溪镇将继续大力推进传统木雕行业创意设计，实现传统技艺与现代文化的有机结合，增强木雕艺术品的市场竞争能力。

在目前的木雕市场上，已有小型的木雕产品开始出售。记者在卢进文的店面看到，其新设计的《年年有余》为用于普通家庭装饰的木雕挂画，长度约为40厘米。此外，木雕艺人制作的一些简单木艺产品，如木制烟灰缸、木笔筒等也开始销往全国各地。

近年来，意溪镇积极向珠三角小镇取经，加快产业布局。“中山大涌镇与我们形成了对口帮扶，意溪镇和大涌镇实现优势互补。”郭焕镇说。意溪镇与大涌镇采取“镶嵌式”合作方式，意溪镇多次组织木雕艺人参加中山红木家具博览会，并在大涌镇设立国家级、省级工艺美术大师工作室和展销点，用以帮助木雕艺人开阔视野，提高市场意识。同时，大涌镇较为发达和完善的红木家具产业助推意溪镇木雕工艺实现市场化和产业化，形成规模经济效益。在2016年的中山红木家具博览会上，意溪木雕的成交额达到250万元。

除了力争培育若干木艺制品的龙头企业外，意溪镇还积极构建木雕艺术品、木制工艺品、家具、家装、生活用品、建筑饰品、佛教用具等产业品类齐全、重点突出的产品结构体系。

酒香也怕巷子深，意溪镇正在布局配套建设的物流基地，将为木艺产业商贸和物流提供条件。在木艺人才培养上，意溪镇将结合木艺产业发展需求和潮州传统工艺传承需要，建立木雕工艺、木艺制作培训基地，在保护传承潮州工艺文化的同时，也为木艺产业发展培养人才。

优先发展体验式旅游

如今的意溪镇已悄然发生变化。漫步在莲上村，可以看到多个村子斑驳的旧墙刷上了白漆，墙上画有一幅幅水墨画，一条条文化画廊徐徐展开。

“小河满大河才有水，木雕产业是龙头，是引导示范。”郭焕镇坦言，木雕产业的崛起可以带动其他产业，但单纯地依靠木雕很难支撑起意溪镇产业，必须同时发展文化旅游和商贸物流。

充分利用木雕大师资源，优先发展体验式旅游，是产业延伸的重要一步。

2017年8月31日，在卢进文的工厂里，一个染了头发的帅气小伙正聚精会神地修着木雕，吸引了记者的注意。他叫吴文平，1988年出生，是工厂里年纪最小的工人。4年前，吴文平的父亲在卢进文的工厂打工，他跟随过来看了看，当时就对木雕产生了兴趣。从打坯到精修，吴文平学得很快，已经成为厂里的一名熟练木雕艺人。

“希望来旅游的游客都能够坐下来，亲自动手雕刻一件小物品。”陈群雄说，意溪镇将以建设木艺体验馆、木雕博物馆等项目为基础，打造莲上木雕文化体验村、后径潮绣文化体验村、荆山锣鼓文化体验村等潮州传统技艺和文化体验旅游，构建集文化体验、美食品尝、特色住宿于一体的体验式经济。

在生态环境上，意溪镇也有明显优势。意溪镇拥有紫莲森林度假村、玉瑶山庄度假区、孝溪河沿岸生态湿地等优质生态景点，正致力于打造潮汕地区重要的休闲度假基地之一。

产业衍生而来的发展潜力，吸引了不少企业的关注。8月底，郭焕镇一直忙于对接广州来的企业，他说一些企业有意把企业区域总部落户在意溪。

意溪镇未来将以木雕产业为基础，融合婚纱、陶瓷、麦秆画等潮州优秀传统文化，通过打造总部经济来做大做强产业。以茶文化为例，意溪镇正在重点打造的东方国际茶都项目，已于2016年底建成400多间店铺，后期建设将着力融入木雕艺术特色。

“没有产业，特色小镇活不起来。我们不是单纯做文化旅游，关键还是要靠打造产业来聚集人气”，郭焕镇说。

近年来，广东大力推进新农村示范片建设，意溪镇以此为契机，大力推进人居生活环境整治和基础设施建设。2017年7月27日，国家住建部正式发布第二批全国特色小镇名单，意溪镇如愿入选。特色小镇建设，将为

● 意溪镇民间木雕工作坊，工匠仔细雕刻木雕（肖雄摄）

意溪镇带来第二次机遇，以木雕产业为特色，实现转型升级，带动多个产业发展，培育潮州市新的经济增长极。

【对话】

湘桥区委常委郭焕镇：用市场化手段解决木雕产业化问题

南方日报：打造木艺小镇面临着培育产业、完善基础设施等诸多问题，湘桥区如何解决这些发展难题？

郭焕镇：为了支持意溪镇申报特色小镇，区政府于2016年出台了推进特色小镇建设的十大意见，从土地、财政、金融、人才、审批、精准施策六大方面给予政策支持。此外，区政府出资聘请广东省城市规划院对意溪木艺小镇进行高规格的概念性规划设计。在申报特色小镇的过程中，也启动该区域的基础设施建设。

南方日报：在特色小镇的建设和发展中，特色产业发挥着关键的作用。潮州木雕如何完善产业链条，实现产业化、规模化发展？

郭焕镇：潮州木雕大多数是纯手工制作的文化艺术品，不同于工业化生产出来的工艺品，如果要产业化，肯定要半工业化。不少潮州木雕大师执着于艺术追求，对工业化还是有些保留。不过，年轻的木雕艺人已经考虑到如何通过产业化把潮州木雕做强做大。政府未来会提供平台，因势利导。

此外，我们会通过市场运作，委托相关专业团队来解决木雕产业化的问题。目前，潮州市委、市政府已经放权给湘桥区去大力建设特色小镇，区域产生的土地增值和税收的80%给湘桥区，为特色小镇的建设提供了强大保障。

南方日报：人才是木雕产业发展的重要因素，意溪镇如何吸引木雕艺人参与到木艺小镇的建设中？

郭焕镇：许多潮州木雕大师都希望回到家乡建设木雕产业，但受限于土地政策。如今，借助特色小镇的契机，我们规划建设多个木雕产业配套，由此打造一个统一平台，让木雕艺人们可以在家乡集中进行作品展示和技艺交流。今后，外地的企业和游客也可以在该平台上与木雕艺人近距离对话。

□ 邓强　廖奕文　苏仕日　欧楚欣　陈榆　佘佳锐

（2017年9月14日）

江门市蓬江区棠下镇
产业升级+文化底蕴打造特色小镇标杆

【小镇名片】

江门市蓬江区棠下镇位于广东省的中南部，珠江三角洲腹地。棠下镇面积131平方公里，人口9.13万人，其中外来劳工3万人，旅外乡亲6.07万人。棠下镇毗邻港澳，与广州、深圳、珠海等沿海开放港口城市，经济特区和经济开放区连成一片。中国第三大河流珠江水系的西江由北至南流经全镇，水陆交通极为方便，距江门港、新会港、鹤山港仅30分钟车程。棠下镇是著名的侨乡，是省重点工业镇。棠下镇物产富饶，素有“鱼米之乡”“水果之乡”的美誉。

在江门市蓬江区棠下镇产业园内，平整崭新的马路连接着园区内的企业，载满货物的货车在路上来来往往。近年来，一座座工厂在园区内建设起来，现代化生产车间整齐排列。在棠下的另一边，人们走过“后珠玑巷”良溪村的青石板古道，感受萦绕于此的浓厚人文气息。

2017年8月，住房城乡建设部公布了第二批中国特色小镇名单，棠下镇成功“突围而出”，成为全国特色小镇。该镇提出，将借助这个国家级的平台，加速对接珠三角先进制造业，抓好产业升级转型，擦亮“后珠玑巷”品牌，打造广东特色小镇标杆。

产业升级：打造四个特色小镇

在广东海信电子有限公司的生产车间，工人们在生产线上加快组装，源源不断的产品通过输送带送到仓库。打包完成后，85%的成品将被运送到全球80多个国家和地区的电视机卖场进行销售。

“我们预测，2017年的产值将超过42亿元。”该公司总经理宋开民告诉笔者，“我们每年都会投入约5000万元进行创新，包括产品研发、生产设备改造、生产效能提升等。”

在棠下镇，很多像海信电子这样的现代制造企业，正焕发出勃勃生机。得益于良好的区位优势、优质的产业发展平台、完善的配套和服务，不少企业争相落户棠下。

作为江门国家高新区的分园区和江门市、蓬江区重点发展的先进制造业示范区，棠下产业园先后获批为“国家新型工业化产业示范基地”、“广东省智能制造示范基地”、“广东省产业集聚发展示范基地”、广东省唯一国家级“健康食品园区——国家新型工业化产业示范基地”。

近年来，棠下镇根据自身特色，通过做好规划和深化产业升级载体，打造先进制造业示范区，探索出传统产业转型升级的路子。数据显示，2016年，棠下镇实现地区生产总值124.79亿元，同比增长12.45%；规模以上工业总产值520.12亿元，同比增长35.6%；固定资产投资83.04亿元，增长32.8%，是广东省重点工业卫星镇和全国“千强镇”。

“建成广东特色小镇标杆，要把产业做大做强。”蓬江区委副书记、滨江新区党工委副书记、管委会常务副主任、棠下镇委书记陈常岷表示，棠下将落实好特色小镇作为供给侧结构性改革的重大创新、新型城镇化发展模式的创新探索、推动新常态经济升级转型的重要抓手，加速对接珠三角先进制造业，抓好产业升级转型，重点打造四个特色小镇：依托大数据产业园打造“数据小镇”；引进一批激光产业打造“激光小镇”；依托银葵医院和天地壹号等健康食品产业，打造高端、养生的“健康小镇”；以龙舟山、良溪为领头，带动近郊型观光旅游发展，打造“文旅小镇”。

产城融合：打造宜业宜居宜游环境

“我们看中棠下良好的区位和便捷的营商环境，所以选择在这里开设厂房。棠下成为全国特色小镇，更加证明我们的选择是对的。”走在厂房外干净整洁的路上，看着货车载满产品离开，广东滨崎控股集团有限公司总裁助理吴永雄开心地说。“我们在2017年年初进行投产，产业园还帮我们申请了用电优惠，大大降低了我们的生产成本。”

在为企业提供优质服务的基础上，棠下镇还将通过各项产业扶持政策，投入100亿元加快提升园区基础设施配套、生活配套环境。从规划、环境、服务、招商和资金筹措五方面全面启动产业园区提升改造工程，“筑巢引凤”。

从区位上看，棠下紧邻珠三角核心区，也靠近江门市蓬江区城区，是江门市委、市政府打造的未来核心新区。南部依托城市中心辐射拓展的棠下镇南部片区，已建成江门市体育中心、广东珠西国际会展中心、保利商圈、现代社区等一大批商业、服务业设施，第三产业非常发达。陈常岷透露，未来棠下将全力建设总部经济基地，加快产城融合，打造江门CBD。

中国城市规划设计院深圳分院所长石爱华曾前往棠下镇调研，她认为，区镇一体、产城融合的发展模式，是棠下镇的最大特点和优势，将其纳入全国特色小镇，可以重点对区镇一体的管理模式创新、现代化城市功能与小镇特色风貌的协调、产业园区发展与生态环境和历史文化保护的结合进行探索。

在特色小镇建设方面，棠下将通过探索实施“城市修补、生态修复”工作，开展综合环境整治，美丽乡村建设，治理城镇资源紧缺、环境污染严重、生态系统破坏、基础设施短缺、公共服务不足等“城市病”，改善人居环境。

● 棠下的文化活动十分丰富，图为金龙银龙在陈垣广场表演双龙舞（棠下镇供图）

同时，棠下还将依托镇内田园丰美、山水翕聚、景色怡人的生态优势，大力推动以“生态+文化+旅游”发展为代表的生态游。投入大量的资金用于棠下旧城区“三旧”改造、村容村貌改善，积极开展防洪减灾水利工程、生态环境提升工程，打造“河畅、水清、岸绿、景美”蓝绿交织、水城共融的宜居宜游环境。

挖掘底蕴：擦亮“后珠玑巷”品牌

棠下镇始建于宋朝，有一千多年的建镇历史。“以罗贵为首的移民领袖，带领36个姓氏从南雄珠玑巷迁徙到良溪之后，再经过几代人的繁育，开发了整个珠江三角洲，同时大量移民到海外。可以说，良溪是华侨文化、侨乡文化的起点。”珠江文化研究专家、中山大学教授黄伟宗指出，良溪村是中原移民南迁南雄珠玑巷后，再度南迁珠三角各地以至海外的落

● 得益于良好的区位优势，优质的产业发展平台，完善的配套和服务，不少企业争相落户棠下（棠下镇供图）

脚点，是继南雄珠玑巷之后，中原文化与岭南文化、海外文化交接的又一个重要中转站。

五邑大学教授张国雄指出："近千年来，良溪村从未经历过战乱，保存着宋、明、清、民国历代各种建筑和遗迹，记录着历史的变迁，是一份宝贵的文化遗产。"2008年9月，良溪村正式挂牌首批"广东省古村落"；2010年1月，入选"广东省历史文化名村"名录；2014年3月，入选第六批"中国历史文化名村"名单；2014年11月，入选第三批"中国传统村落"名录。

除良溪村的华侨文化资源外，棠下镇自古崇文重教，名人资源也十分丰富，有"国宝"陈垣院士、心血管病专家陈灏珠院士、新材料专家郭景坤院士等名人，有"一镇三院士"的美誉。在非遗文化方面，棠下既有省级非物质文化遗产罗氏柑普茶，也有市级非物质文化遗产棠下周家拳。在文化活动方面，清明祭祖、端午赛龙舟、正月抢炮头等传统民俗文化活动丰富，武术、文学、书画、摄影等活动亦广泛开展。

据介绍，目前棠下已对多个文化资源进行收集整理，出版《良溪古村》《良溪掌故》等书籍。在这一基础上，棠下镇以建设国家特色小镇为契机，充分发挥棠下镇作为中原人南迁"后珠玑巷"独有的人文、历史、文化、侨乡、民俗、产业和交通区位、山水环境等优势，广泛利用社会资源，挖掘和整理"后珠玑巷"历史资料，修缮历史文化遗迹，对良溪古村进行保护性开发，擦亮"后珠玑巷"品牌。

□ 戴惠甜　龚春辉

（2017年12月26日）

肆

创·新业态镇

广州创投小镇

探索产业创投“广州模式”为海珠创新岛注入强劲动力

【小镇名片】

“广州创投小镇•海珠洋湾岛”坐落于广州新中轴线南段，毗邻国家级湿地公园海珠湿地，园区占地面积12万平方米，周边产业基础雄厚，交通条件良好，生态环境优越。

近年来，广州市产业转型升级步伐加快，科技创新、金融创新持续发展，创业投资和风险投资风起云涌。洋湾岛积极顺应这股新浪潮，通过“政府推动、企业主动、协会联动”三管齐下，从传统专业批发市场向集聚创新创投生态资源的产业园区转型，遵循“产业为依托，科技助提升，资本做加速”的整体思路，探索构建产业转型升级和创业投资相融合的全生态链。

广州创投小镇将探索建成以“产业+科技+资本”为特色的创投小镇，致力成为广州市传统批发市场转型升级的示范区、产融结合的创投集聚区、产业创新优选区，助力广州加快建设风险投资之都。目前，创投小镇已吸引十余个投资机构入驻，集聚了近百家新材料、人工智能、大数据方面的新业态企业。未来五年内，小镇还将计划吸引100家风险投资机构进驻，资金管理总体规模约500亿元，投资孵化250家创新型企业。

舞动的智能机器人、裸眼3D科技、自动启停的智能风扇……走进广州创投小镇，一辆由大卡车改装成的“科普创客直通车”内，一系列创新成果琳琅满目，吸引投资者的目光，而这样的路演几乎每天都有。

广州大道南1601号，曾是传统批发市场的海珠区洋湾岛，在创新驱动发展的时代召唤下，率先转型为广州首个创投小镇，目标是成为广州市传统批发市场转型升级的示范区、产融结合的创投集聚区、双创优选区，助力广州加快建设风险投资之都。

挂牌仅3个多月，广州创投小镇就显现出独特魅力：十余家投资机构入驻；近百家新材料、人工智能、大数据等新业态企业聚集；举办创投活动超过30场，促成股债联动科技信贷意向、股权投资意向近20亿元……在12万平方米的创投小镇里，产业、科技与资本加速发酵，正为创新发展提供源源不断的动力。

一个传统批发市场的转型

形似巨型球体的全息电影体验馆、科普创客直通车、智能石墨烯路灯……广州创投小镇内，“黑科技”点缀着每个角落，散发出浓厚的创新氛围。

很难想象，这里曾是广州传统的批发市场。20年前，紧抓汽车行业的发展机遇，华南地区首家汽车专业交易市场——华南汽贸城在此落户。风行20年后，销售市场渐显颓势，这里也沦为二手车卖场，仅靠租约维持，转型势在必行。

深耕洋湾岛20年，广州创投小镇董事长黎名准对洋湾岛的转型历程记忆犹新。

“以前做专业批发市场，汽贸城的汽油、洗车水等会污染环境，我们只好寻找新的出路。”黎名准坦言。

2011年，海珠湖建成，黎名准感受到了环境的转变。他反复思索洋湾

● 广州创投小镇一角（肖雄摄）

岛的未来，并辗转天津、成都、重庆、杭州等地调研产业，两年后，传统汽贸退出，广州华南（国际）鞋业展贸中心登场。但开业不到两年，黎名准又不惜赔偿，清退所有入驻企业，将园区转为电商产业园。

然而，转型并未就此停步。“电商的市场格局已基本形成，实体企业发展存在较大困难。”黎名准所遇到的发展困境，也是广州诸多传统批发市场面临的转型之惑。

2015年，顺应金融创新发展、传统产业转型的趋势，黎名准再次组建智囊团，对洋湾岛的发展进行重新规划，最终确定的发展方向是以“产业+科技+资本”为特色的创投小镇。广州创投小镇很快获得批复，经过规划设计、管网改造、道路绿化，占地12万平方米的园区焕然一新。

2017年6月，第十九届中国风险投资论坛首次落户广州。海珠区取得论坛落地成果“头啖汤”，除了全国首个创新资本研究院落地外，另一个令人瞩目的创举——广州首个创投小镇正式揭牌。

“转型不是说转就转，需要拿出破釜沉舟的决心。”黎名准感慨地说，转型不仅要舍弃三五年的租金收入，还要持续投入大量资金。如从2016年下半年创投小镇项目筹备至今，仅在洋湾岛的环境改造提升方面就投入了数千万元。如今，杨湾涌畔的杂地被改造成了岭南风味的绿地公园，黎名准设计的龙舟雕塑、海珠湿地微景观等，无不体现着这位本土企业家的乡土情怀。

“专业批发市场是过渡期，地租、铺租、人工等昂贵，没有第二代人接手，市场会走下坡路。”黎名准说，打造充满朝气的创投小镇，构建适合大众创新创业的平台，才是未来的发展方向。

“从传统批发市场到新兴金融产业园区，五类车没了，垃圾少了，区域环境好了。”南洲街道办相关工作人员对转型带来的变化感受颇深，“传统的批发市场看起来很热闹，但产生税收少，社会效益不高，治理挑战大，而创投可成为新的增长极。”

“海珠区委、区政府紧抓发展契机，重点加大对传统批发市场业主的引导，力促专业批发市场自主向高端产业转型升级。”海珠区发展和改革局相关部门负责人告诉记者。

产业技术与资本精准对接

2017年国庆节前夕，一场研讨会在广州创投小镇召开。会上，来自各行各业的企业家代表就创投小镇如何做好资本与市场对接的问题，展开热烈讨论。

广州市股权交易中心科创板运营中心是较早落户创投小镇的机构之一。“希望通过股权交易中心和创投小镇的合作，让挂牌企业与创投机构资源实现精准对接。”广州市股权交易中心副总经理李润才认为，创投小镇能提高产业、技术与资本的对接效率。通过专业机构，社会资本可挖掘到有潜力的中小型企业，实现资本的再增值。同时，企业积累资本后，也可以通过这个平台寻找投资项目。

“我一直在思考以后的出路，本来上半年我想休息一段时间，但参加这个会议后，我不想休息了。”一位中年企业家在会上明确表示，他有意向通过企业家朋友的众筹，合作设立私募基金，把过去办实业积累的部分资产用于风险投资。

事实上，广州创投小镇搭建起的平台，使小镇业主与投资人、创新型企业三方深度合作，让投资人在市中心找到项目、在身边培育项目、在小镇交流项目。

广东省创业投资协会是最早进驻创投小镇的机构之一，该协会秘书长肖飞坦言，促使他们入驻园区的，是创投小镇产业与资本对接的孵化平台。“近年来，基金小镇风起云涌，但我们调研后发现，不少地方的产业和资本是脱离的，资本脱离产业就是空转。”肖飞说。

在广州创投小镇董事长助理孙海峰看来，广州与珠三角制造业联系紧密，这为广州创投的发展提供了强大的产业基础。因此，创投小镇需要探索出产业创投的“广州模式”，坚持走科技创新和产融结合的方向。

“我们之所以不引入酒楼、银行等租金丰厚的传统商业项目，就是要将配套服务的空间留给创新业态，提升创投小镇对未来生活方式的体验感。”孙海峰强调，并不是什么企业、什么项目都可以进驻园区，小镇要做的是引进创新资本、创新科技、创新平台和创新业态，致力于打造创新的全生态链条。

日渐浓厚的创投氛围

挂牌仅三个多月，但小镇的创投氛围已日渐浓厚。

在广州市科创委、海珠区政府主办的“广州创投周”上，为期7天的“资本盛宴”吸引了超过1500家科技企业、500家机构、8000人次，优秀项目与投资机构面对面交流对接，逾100家科技企业获得机构投资意向。

目前，创投小镇已吸引十余个投资机构入驻，集聚了近百家新材料、人工智能、大数据方面的新业态企业。

“园区办公楼租一栋少一栋。”黎名准告诉记者，广州创投小镇规划建设了风投集聚区、科技及时尚产业集聚区、综合配套服务区三个功能区，规划建设15栋办公楼。截至目前，在园区注册的资金规模已达8亿多元，有意向入驻的机构、企业越来越多，已有8栋楼被预订。

据初步统计，从6月开业至今，广州创投小镇已成功举办2017第十九届中国风险投资论坛专题活动、广州创投周暨中国创新创业大赛广东广州赛区决赛等各类创投活动超过40场，吸引了300多家创投机构与2000多家企业进行投融资对接活动，促成股债联动科技信贷意向、股权投资意向近20亿元。

按照规划，未来五年内，广州创投小镇还将吸引100家风险投资机构进驻，资金管理总体规模约500亿元，投资孵化250家创新型企业。

“小镇已慢慢形成活跃的创投氛围，企业、投资机构乃至社会资本的热情均被调动了起来。”黎名准认为，创投小镇的发展，从创投机构到企业，产业链上的每个元素都还有重新发掘和认识的过程，需要以更大的魄力持续建设，才能将创投小镇发展为创新的枢纽，为“海珠创新岛”建设注入一股强劲动力。

“投资机构的聚集，逐渐培育起良好的创投氛围，带来产业辐射效应。”海珠区科技工业商务和信息化局相关工作人员表示，目前，海珠区

● 广州创投小镇创新实验室（肖雄摄）

已出台系列政策，为落户的创投机构、科技金融机构提供全方位的政务服务，为创投机构与本地的产业、项目搭建无缝链接的沟通桥梁，力促创投机构多投资本地项目、本地产业，不断提升对区域经济社会发展的贡献度。

【对话】

广州海珠区委书记马正勇：打造传统批发市场转型升级的示范区

南方日报：从传统批发市场到创投小镇，在转型升级的过程中，海珠区委、区政府方面发挥了怎样的作用？

马正勇：解放思想、改革进取是区域转型升级的推动力。海珠区顺应全国“双创”大潮，紧抓广东大力实施创新驱动发展战略的契机，不断解放思想，积极探索，制定了实施创新驱动发展战略行动计划纲要以及创新园区和孵化器扶持办法等9个配套政策，积极引导传统批发市场转型升级，鼓励业主盘活自身资源，抢抓资本市场的价值链高端，集聚创业投资和风险投资资源，大力发展科技、金融等产业，打造广州创投小镇、M+创工场、UP+智谷等一批主题产业园区，推动产业形态、周边环境、人口素质“三提升”。

“授人以鱼不如授人以渔”。传统产业转型的核心，在于激发业主的积极性和主动性。与洋湾岛相似的传统批发市场在海珠区还有不少，这类项目往往具有一定的产业链积淀，通过鼓励业主探索建设以创投小镇为代表的各类新兴产业园区，有利于集聚各类创新创业企业、战略性新兴产业、消费升级新业态、上市后备企业等，用资本的眼光来遴选产业、改造园区、引进人才，以眼前的短期租金收益损失，换来长期的产业转型、资产增值和人口素质提升。

南方日报：目前，海珠区正积极抢占广州科技金融高地，在未来海珠创新岛的打造中，打造创投小镇的经验将发挥什么样的作用？

马正勇：当前，海珠区正在全力建设创新岛。在创投小镇建设中，海珠区探索出的创新模式和路径，将在以后复制推广。具体包括：一是采取政府推动、企业主动、协会联动的“三动”工作模式；二是走产业为依托、科技助提升、资本做加速的“三融”发展路径；三是聚焦创新、创业、创富的“三创”发展环境；四是按照风投集聚区、科技及时尚产业集聚区、综合配套服务区的“三区”布局分片规划、分步实施；五是以价值创新为引领，培育国内领先、国际知名的创投小镇。

南方日报：在创投小镇未来的发展中，政府将从哪些方面发挥作用？还需要解决哪些难题？

马正勇：目前，海珠区正会同市有关部门，抓紧制定促进创投小镇建设发展的三年行动计划，进一步明确创投小镇的定位、思路和目标，并在三年内逐步推进若干行动计划，包括：优化空间布局，打造高端创投载体；创新行业服务平台、政务绿色通道服务平台、专业化线上线下路演平台、科技金融服务平台、创投实训平台、品牌活动平台等六大服务平台，打造全方位创投生态链；深挖“创投+”的文章，在创投与战略性新兴产业、战略性主导产业和各类创新创业新业态的融合发展方面下功夫，加速创投资源集聚。

海珠区加快推进创投小镇的发展，建立协调机制，由政府部门和街道，创投小镇和相关行业协会共同参与，统筹协调各方资源，跟进落实三年行动计划等各项工作任务。组建创投小镇智库，聘请国内外相关专家学者提供顾问服务，提升创投小镇发展规划的国际性、专业性和可操作性。整合区内低效产业用地及城中村物业，通过创业投资等金融手段，加强产业引导，集聚高端创新要素，促进低效用地再开发，提高节约集约用地水平与土地经济效益产出。加大力度吸引各类资本组建创投小镇引导基金，争取各级政府基金参与，为落户创投小镇的优质创投基金提供资金配套，引导创投基金加大对本地项目的投资。

南方日报：目前，海珠区科技创新环境如何？采取了哪些政策措施来推动创新驱动发展？

马正勇：过去五年，海珠区地区生产总值年均增长达10%以上，第三产业对经济增长贡献率超过九成。信息技术服务、科技金融、生物医药、法律服务和商务咨询、都市旅游等一批战略性新兴产业也加速集聚，各类金融服务需求与日俱增。

海珠区继续抢抓发展机遇，按照“经济集聚发展”的思路，全区初步形成了以琶洲互联网创新集聚区为龙头，中大国际创新谷和南中轴创新产业带、海珠湾滨水创新带为支撑的创新发展布局。特别是琶洲互联网创新集聚区、中大国际创新谷，将发挥重大功能区对新技术、新产业、新业态、新模式的集聚效应，吸引高端人才、资本、资源等各类要素集聚，打造有显示度、凝聚力的区域经济集聚中心。全区已登记孵化器达34家，面积53.43万平方米，其中国家级3家、省级1家、市级4家。全区登记的众创空间有17家，其中10家被纳入国家级科技企业孵化器管理支持体系、10家被定为省级试点众创空间，并有TIT互联网+创意园、科大讯飞人工智能创业港等重点打造的十大主题园区。

目前，海珠区在总部经济、楼宇经济、科技创新、商贸、外经贸、工业、中小企业、上市金融、人才等方面都有扶持政策，构建了较完备的创新政策体系，如《海珠区科技企业孵化器和创新园区认定与扶持办法》，对登记孵化器或创新园区给予配套奖励、平台补贴等，最高奖励500万元。另外，为了吸引创投资源集聚，海珠区也正在制定针对性的政策。

□ 汤凯锋　曹媛媛　宾红霞　孙国英　欧楚欣

（2017年10月13日）

揭阳市揭东区锡场镇
完善电商产业链 走出“低端化陷阱”

【小镇名片】

位于广东省揭阳市北部的揭东区锡场镇，镇域面积48.75平方公里，拥有123000多人口，属于典型的人口密集潮汕小镇。

2013年，锡场镇紧紧抓住“互联网+”发展机遇，贯彻实施揭阳市电子商务发展“8610”计划，以军埔电商村为平台，全力建设电商人才、电商服务、电商产业、电商文化、电商制度“五大高地”，打造揭阳电子商务的核心载体，并以军埔电商村作为战略支点和辐射源，创建广东省第一个省级电子商务产业园。

作为锡场镇“互联网+”的发源地和核心区，军埔村被阿里研究中心、中国社会科学院信息化研究中心授予“中国淘宝村”称号；2015年，被评为省电子商务产业示范基地；2016年，被作为中国助力世界经济转型的“良方”之一，成为唯一一个淘宝村入选《G20中国方案》纪录片，亮相杭州G20峰会。

而在军埔村的辐射带动下，2016年锡场镇也获批成为全省首批10个“互联网+电商”试点小镇之一。

揭阳市锡场镇军埔村的“黎明”，始于每天午后。

经历前一晚的鏖战和上午的短暂沉寂，军埔村又开始闹腾起来。水泥道路上，货车、面包车、摩的开始奔走，各路快递员穿街走巷拿货，批发商铺、淘宝线下店面陆续拉开闸门，架子上摆放着包装妥当的快递包裹，等待物流公司揽件后发往全国各地。

作为全国最早的“淘宝村”之一，军埔村通过5年时间，将电商交易额从2013年的6.8亿元，做到2017年前八个月的27亿元；网店也从2013年的1000家，发展到如今的5000多家。

以互联网技术作为“产业立交”，一场产业变革正在锡场小镇悄然进行。

年轻人回村开淘宝店

锡场镇是食品及食品机械专业镇，军埔村是镇内典型的食品加工专业村。2010年，由于传统食品加工业的萎缩，军埔村里很多“食二代”到广深打工，也开始接触到电子商务。2012年春节，七八个在外工作的年轻人聚在一起，开始谋划离开成本不断垒高的广州，回村创业。

“几台电脑就能做生意，上网就能赚钱？”听到年轻人的讨论，黄作宏觉得不太“靠谱”，但他大学刚毕业的儿子黄伟鸿却对电商非常感兴趣，两父子争论多次，最终干脆打起了赌。

“你试一两年，如果能赚钱我就让你做下去。”就这样，黄伟鸿拿着父亲给的本钱开起了淘宝店，通过研究服装流行趋势和淘宝经营技巧，一年就把规模做了起来，之后盈利更是赶超了父亲的食品厂。

18个年轻人从广州陆续回村开起了淘宝店，军埔村萌生出了一股电商热。很多之前没接触过电商的村民，也开始改造以往的厂房和铺面，“洗脚上田”转投电商大潮。

军埔村的这一变动，很快便被揭阳市委市政府、揭东区委区政府敏锐地捕捉到。揭阳市很快制定了一系列的扶持政策，推出了电商企业贴息

电商仓库的工作人员正在货架旁进行缺货登记（罗斌豪摄）

贷款扶持创业，将全市首个4G基站设在了军埔村，让这里成为全省网速最快、资费最低的4G村；组织快递物流公司集体进村，解决物流不顺畅问题，目前已经引进了16家快递公司；成立电商培训机构大联盟，建设电商培训中心，培训电商人才达6万多人次。

目前，军埔村已有350多户、2000多人投入网上销售活动，开设淘宝网店5000多家、实体网批店400多家，2016年交易额达35亿元，直接或间接带动周边就业人员超过10万人，带动周边网店3万多家。

“9.9元包邮”已过时

从事电商的年轻人大量涌入，令该地的市场竞争趋于白热化。而从2016年底开始，淘宝加大了质量检测力度，低端产品备受冲击。军埔电商

电商部门工作人员正在使用机器批量打单（罗斌豪摄）

从业者早期依赖的低端服装零售模式，被证明已经过时了。

“以往九块九包邮的模式已经做不了了，我们也在调整供应链条，从设计、材料、包装、文化等方面去提升品质。”从2017年开始，许锐冰等一批锡场镇电商从业者都在调整产品结构，希望尽快走出“低端化陷阱”。

位于锡场镇的优乐酷服饰有限公司内，每天都有几十件童装，从设计师的图纸上“走入”市场。

几年前，由于品牌商突然收回代理权，不仅让王创平的经营付之流水，也让其认识到掌握完整供应链条的重要性。王创平决心把主动权留给自己，建立优乐酷后，聘用设计师自主设计产品、严把生产质量关、注重品牌美誉度。经过几年艰难转型，王创平终于尝到了甜头，优乐酷在天猫童装销量一度冲到了前十名，目前年销售额保持在5000万元左右。

在港荣食品的电商运营总经理林晓林看来，电商不仅仅是“卖货”那么简单。

虽然港荣食品的线下销售一直比较稳定，但随着军埔电商的不断辐射带动，港荣在2015年也启动了电商运营。出国留学归来的林晓林带着仅有4个人的小团队，每天做最基础的包装、客服和网站运营工作。

如今，港荣食品在全网西式糕点品类中销售排名靠前，而更重要的是，港荣“触网”之后不仅多了线上销售额，通过互联网与消费终端接触之后，加上大数据分析，正反向推动着企业生产端的改革。比如消费者偏好新鲜少添加剂，港荣就推出35天的短保质期产品；消费者希望多点口味，港荣便改良配方，推出海盐、芝士等适合年轻人的新口味。

“互联网+”的思维正不断改变着港荣，让其在传统食品行业激烈的竞争中，保持着领先优势。而与港荣一样的“互联网+工业”实验，近几年来已经逐渐在锡场镇内铺开，以港荣、裕昌、富牛等几家食品企业为主，同时包括五金、塑料橱柜等其他支柱产业，以及揭阳市的特色农产品。

拟将电商引入民生领域

随着公司运营逐渐成熟，优乐酷服饰有限公司负责人王创平制订的未来3—5年年销售计划都是5000万元。与此同时，王创平也正逐渐从优乐酷抽身，在揭阳市区的宝德数码广场经营起了第二份事业——王创平创业投资公司，主要针对潮汕地区互联网等新经济领域的创业项目。

在王创平看来，随着“互联网+”战略的逐渐推进，未来互联网技术跟产业的结合会更加密切，就锡场镇乃至整个潮汕地区来看，互联网领域的项目还偏弱，需要更多的IT人才，并扶持更多有前景有技术的项目。

王创平的思路，与当地执政者不谋而合。

2016年，锡场镇入选广东省首批“互联网+电商”试点小镇，在全国自上而下的新一轮“互联网+”行动中，迎来了新的发展命题。未来的锡场镇，不仅要将互联网技术主要应用于电子商务，还要在科技创新、医疗保障、便民服务等领域进行更深入的融合探索。

【对话】

揭东区委常委、锡场镇委书记林晓珊：以军埔为核心建“大电商圈”

南方日报：锡场镇是如何规划电子商务发展的，有什么好的经验和做法？

林晓珊：我们邀请中国城市发展研究院围绕揭阳电子商务核心集聚区定位对军埔村进行战略性规划，制定了“一街（电商智慧大街）、一村（军埔电商第一村）、一园（揭阳市电商产业园）、一带（粤东电商产业带）、一圈（海峡西岸电商产业圈）”的发展扩张路线图。

通过推进“揭阳军埔新天地电商产业园”建设，我们把电商作为“产业立交”来建设，完善电商全产业链设计规划，推动汕潮揭地区优势传统产业与军埔电商对接，让揭阳乃至粤东的产品通过军埔电商平台开拓国内外市场，全力创建广东省第一个省级电子商务产业园。

南方日报：入选“互联网+”小镇后，锡场镇将如何解决现有信息化发展不平衡的问题，进一步提升互联网融合发展？

林晓珊：锡场镇将继续以军埔电商村为核心园区，依托高铁北站“四站合一”的交通区位优势，建设“大军埔电商圈”，谋划布局“轨道经济”与“电商经济”联合发展。

我们也将打造集物流配送、电商贸易、金融产业、科技孵化等多功能、多业态的新经济带，建成集网上销售、实体批发、人才培训、产业孵化、物流快递于一体的电子商务产业聚集中心，以电商经济的发展来推动其他相关产业的升级发展。

□ 陈彧　泠汐　达海军　倪锐勇

（2017年9月28日）

第四篇章
他城问道

浙江经验之一
创新创业培育发展新动能

党的十九大报告指出，要以城市群为主体构建大中小城市和小城镇协调发展的城镇格局，加快农业转移人口市民化。

2017年7月，国家住房和城乡建设部、发改委、财政部联合发出通知要求，到2020年，要培育1000个特色小镇，引领带动全国小城镇建设，不断提高建设水平和发展质量。

特色小镇的建设和发展已成为“十三五”期间经济社会发展的重要组成部分。对推动新型城镇化建设，解决发展不平衡不充分问题，促进区域协调发展和全面奔康，都是重要抓手。

改革开放以来，广东涌现出一批基础较好、特色鲜明的小镇。当前，各地正分类探索城镇发展新路径，按照特色小城镇和特色小镇两种形态，因地制宜、分类指导，加快建设一批符合广东特色的小（城）镇。

同为沿海经济强省的浙江，在全国率先开展建设特色小镇的探索，为特色小镇的建设和发展提供了鲜活的经验借鉴。

京杭大运河支流两岸，一座座粮仓被改造成孵化器，承载新时期创业者们的梦想；西湖区之江新城中部，刚结束的云栖大会正在释放产业带动效应，云计算大数据产业在这里加速布局；姑蔑古城内，依傍钱江上游，传统红木产业的新一轮转型已经开启……

一个个特色小镇正在江浙地带“跳动”。2015年，浙江省委、省政府在新常态下从推动经济转型升级和城乡统筹发展大局出发，加快规划建设一批产业特色鲜明、人文气息浓厚、生态环境优美、兼具旅游与社区功能的特色小镇。目前，浙江已形成了“首批2个省级特色小镇、三批106个省级创建小镇、两批64个省级培育小镇”的特色小镇建设发展格局。

承载着发展重任的特色小镇，如何才能培育发展新动能？浙江突出将特色小镇作为加快产业转型升级的新载体，在每个约3平方公里的特色小镇上，第一、二、三产业联动发展，生产生活生态融合发展，吸引人才和资本加速汇聚，在培育新产业催生新业态的同时，通过引入新技术、融入新功能，有效促进传统产业转型发展。

培育新产业催生新业态

位于杭州市余杭区千年古镇仓前的梦想小镇，京杭大运河支流——余杭塘河横贯其中，12座依河而建的圆顶粮仓错落有致，江南水乡风情的创业大街上人流涌动。

“这里已经成了一个创新创业的风口！”良仓加速器负责人夏静感慨

地说。作为小镇创办初期就入驻的孵化器之一，良仓加速器见证了梦想小镇的“速度”。

夏静告诉记者，在一期的互联网村，孵化器面积有3000多平方米。2016年，快速增长的创业需求很快将孵化器挤满，为了适应发展形势，孵化器又“开”到了一街之隔的创业大街，培育出无人机、智能饭盒等充满发展前景的项目。

从2015年开园首批80个创业项目、800多名创客、15个金融项目落户至今，小镇现已集聚了1180多个创业项目、11400名创业人才和860家金融机构。这个由旧粮仓改造而成，核心区面积约3平方公里的新型众创空间，正吸引着全国甚至全球的创业青年前来逐梦。

距离梦想小镇不到30公里的钱塘江畔，中国首个云计算产业生态特色小镇——云栖小镇的新兴产业链日益丰富。刚刚结束的第八届云栖大会，吸引了由英特尔、思科等国际高科技公司领衔的400多家企业前来，争相展示全球最新的科技成果。

温州人黄正衍是小镇的入驻者之一。2017年7月，从事眼镜视光行业十余年的他，带着视功能智能检查项目和年轻的创业团队，把业务从北京中关村搬到了云栖小镇。

“三年免房租，还有贴息贷款，对企业很有吸引力。”黄正衍说，他看中的，除了阿里云总部在小镇，周边还有富士康等企业，为产业链的延伸及创新理念的落地提供了很好的基础。

梦想小镇、云栖小镇、袜艺小镇、硅谷小镇……仅两年多时间，浙江就涌现出一批充满发展活力的特色小镇。这些小镇结合自身特质，依托鲜明的产业定位，挖掘产业特色、人文底蕴和生态禀赋，融合产业、文化、旅游、社区功能，集成产业高端要素，形成“产、城、人、文”四位一体的创新创业发展平台，为块状经济强镇而闻名的浙江，装上加快发展的“驱动器”。

从实践来看，特色小镇的效果初步显现。据统计，2017年1—6月，前两批78个创建小镇特色产业投资344.2亿元，累计完成投资2117亿元，入驻企业19250户。2016年入库税费收入160.7亿元，其中税收收入132.2亿

杭州市余杭区梦想小镇内，过去的旧粮仓被改建成孵化器，承载年轻人的创业梦（受访者供图）

元，同比增长14.5%，远高于同期浙江省税收增幅（6.6%）。

“浙江的特色小镇不是行政区划单元上的‘镇’，也不是产业园区、风景区的‘区’，更不是新城‘区’。”浙江省发展和改革委员会副主任翁建荣指出，特色小镇聚焦于支撑浙江长远发展的信息经济、环保、健康、旅游、时尚等八大战略性新兴产业，兼顾历史经典产业。小镇产业发展突出“特”，不求“大而全”，不是“百镇一面”、同质竞争，而是要培育具有行业竞争力的“单打冠军”。

“不仅要‘特’，而且要‘强’。”翁建荣表示，每一个特色小镇都紧扣产业升级趋势，瞄准高端产业和产业高端，构筑集产业链、投资链、创新链、人才链、服务链于一体的产业创新高地，成为新经济增长点。

传统产业转型发展“新推手”

在激发创新创业，培育产业新发展业态的同时，浙江的特色小镇还通过聚合新技术、新功能，促进传统产业转型发展。

位于浙江省中西部的龙游，史称“姑蔑古城”，素以“山水隽秀，人文荟萃”而闻名。如今，红木古建翘角飞檐、雕梁画栋，依傍钱江上游的龙天红木小镇正在兴起。

红木家具制造属传统产业，因生产工艺、设计创新不足，市场挑战逐年增大。“产业转型可谓迫在眉睫，我们一直在寻找出路。”浙江省年年红家具集团董事长助理、龙天红木小镇党支部书记杨振说。

为了实现产业突围，年年红家具集团投资80亿元建红木小镇，瞄准的就是特色小镇给传统产业带来的机遇。“小镇将让红木产业从工业向文化设计、旅游转型，从传统制造向智能制造转型。”年年红董事长金樟溪说。

以杭金衢高速为中线，红木小镇被泾渭分明地分为南北两大板块。在南部，红木家居文化园、木都商贸区、文化创意园逐渐成形，产业链得以延伸，既挖掘产业下游的价值，又提升产业的研发、设计水平。

而在北部，小镇将建立大型的红木制造基地，提升供给质量。“我们配备了共享的集中烘干车间、高端装备，提升智能制造水平；通过线上线下结合，引入订单式生产模式，解决市场需求问题。”杨振说。

“南北两个板块的功能可以相互转化，从原材料到设计、生产、经营，各个环节都得到优化提升，产业获得新活力。”杨振说，小镇北部制造基地可容纳约200家企业，目前已有超过300家企业申请入驻。2016年，红木小镇旅游的接待量已经突破200万人次。

而根据规划，红木小镇高端红木家具制造年销售额将达到60亿元，实现利税3亿元；文化创意产业年产值5亿元以上；休闲旅游产业年旅游人数300万人次以上，年旅游总收入15亿元以上。

红木小镇的转型发展，是传统产业借力特色小镇，增添产业活力的一个缩影。

其实，与广东相似，浙江不少专业镇的传统产业，在新形势下也面临着转型发展的压力：一方面是市场营收下降，一方面是转型风险提升。

位于诸暨市西部的大唐镇，因“袜”而兴，是全球最大的袜子生产基地，但经历40多年发展，一直以成本为导向的产业竞争力正逐渐下降。

“我们启动‘以治理促转型’，关停了大量违法违规企业，淘汰落后产能。”大唐镇党委委员杨狄告诉记者，2015年，该镇启动特色小镇建设，将之作为供给侧结构性改革的实施平台，重点打造支撑产业转型的“两创”园区，产业很快“活”了起来。

在袜艺小镇时尚集市的袜业智库大楼，浙江和茂盛袜业有限公司董事长陈仁勇随手拿起一双袜子说：“这里面的材质、功能都有考究，包含了好几项专利。”创意设计和研发所带来的价值，为陈仁勇频频赢得国外订单，他决心转型打造一个大型的袜艺设计公司。

在陈仁勇的公司周边，多家原料开发、设计、检测、大数据等企业聚集，产业微笑曲线两端得以延伸，产业生态焕然一新。2016年，大唐的袜子产量虽然同比下降3.9%，但新产品产值却同比上升38.9%。

红木小镇、袜艺小镇、皮革小镇……依托传统产业转型发展而兴起的特色小镇应运而生。“特色小镇成为传统产业转型发展的新抓手。”翁建荣认为，用特色小镇建设理念提升改造发展传统产业已成为共识，大量创新技术、生产经营新机制向传统产业聚集，传统产业的文化内涵、旅游功能被挖掘，产业活力被重新释放。

吸引高端人才集聚有效人口

手指轻轻一点，几个杂乱摆放的玻璃杯，很快就被机器人摆成金字塔。这是余姚引进的国家首批“千人计划”特聘专家、浙江机器人产业集团董事长、宁波市智能制造产业研究院院长、国家973首席科学家甘中学的最新研究成果，也是国内自主研发的全球首个十八轴双臂机器人。

这样的创新成果，在余姚日益增多。余姚，地处浙江省东部，是长三角南翼经济中心，制造业腹地，2016年入选全国县域经济百强。

翻开余姚的经济一季报，一组数据让人眼前一亮：以战略性新兴产业、高新技术产业和装备制造业为主体的智能经济发展势头向好，三大产业增加值增速分别达到24%、16.5%和14.5%。

数据飘红的背后，是智能制造产业的快速布局发展。“力争用3年时间，把机器人小镇打造成为助力宁波‘中国制造2025’的一个有力引擎。”余姚经济开发区管委会办公室副主任褚张蓉表示。

从以家用电器、塑料模具等传统制造业占主导的县级市，转身变为智能制造的高地，余姚的转变，得益于创新人才的集聚。

“项目一旦通过审核，就可以获得最高500万元扶持资金，后续还有最高500万元种子资金和最高500万元贷款贴息补助，以及1000平方米标准厂房三年免租等优惠政策。”褚张蓉说，余姚成立了国内首个“千人计划”产业园——浙江“千人计划”余姚产业园，大力引进高端人才和高端项目。

在政策的吸引下，大量海内外高层次人员带着项目前来，新兴产业应

杭州市富阳区正在兴起的富春硅谷小镇（受访者供图）

声落地开花。截至目前，余姚累计引育“国千”专家58位，“省千”专家22位，其中机器人领域专家18位，机器人产业与制造业对接紧密，发展势头强劲。

没有人才来，就没创新动力；吸引不到人，发展就难长远。为此，浙江在特色小镇的建设过程中，突出对人才引进的考核，让特色小镇成为产业、人才共生交融的新磁场。

“五年前，这里还是城乡接合部，什么都没有，2017年仅云栖大会就吸引了近6万人！”云栖小镇管委会主任吕钢锋说，特色小镇是发展形态的创新，资源配置和以往工业园区、高新区不同，特色小镇是从以人为本的角度出发，完全依据产业和人才的需求导向去打造，所以能够聚集众多有效人口。

数据显示，浙江78个省级特色小镇已累计进驻创业团队5473个，国家级高新技术企业291家；聚集了浙大系、阿里系、海归系、浙商四大类创业人才12585人；吸引“国千”“省千”人才239人，国家和省级大师205人。以萧山信息港小镇为例，2016年就聚集了来自广东、安徽、河南等全国各地的创业团队400多个，“新四军”创业人才平均年龄仅为26.4岁。

（广东省社科院企业研究所副研究员严若谷、广东省社科院现代化研究所助理研究员谷雨对报道亦有贡献）

□ 汤凯锋　曹嫒嫒　陈彧

【专家点评】

坚持市场导向　才能可持续发展

广东省社科院现代化研究所助理研究员　谷雨

自特色小镇政策实施以来，各地纷纷结合实际，推出一批特色小镇，特色小（城）镇的规划、立项和建设迅速走热。在这种形势下，不少地区出现了特色小镇“地产化”、特色小镇“同质化”的现象和问题。如果回到特色小镇的起点，认清特色小镇的建设初衷和发展方向，可以避免走很多弯路。作为全国特色小镇政策的肇始地，浙江特色小镇为什么“特”？笔者经过调研后认为，产业平台、市场导向和规划考核是浙江特色小镇所“特”之处。

一是定位产业“平台”打造增长极。浙江特色小镇的初衷是打造“相对独立于市区，具有明确产业定位、文化内涵、旅游和一定社区功能的发展空间平台”，通过资源整合、项目组合、产业融合，加快产业集聚、产业创新和产业升级，形成新的产业增长点。在产业定位上，浙江根据自身产业特色，划分了两个大类：一方面是面向未来的信息、环保、健康、旅游、时尚、金融和高端装备等“未来产业”；另一方面是茶叶、丝绸、黄酒、中药、青瓷、木雕、根雕、石雕、文房等“传统产业”。且每个特色小镇根据自身的产业功能定位被划入不同的政府职能部门进行分类指导。这样的政策机制设计，使得浙江特色小镇从起始就面向“产业增长极”的打造，无论是聚焦于互联网新产业的梦想小镇，还是深耕于红木家具传统产业的龙天小镇，其本质都是在既有产业基础上寻找产业升级和转型的突破口，通过旅游、文化元素的嫁接，不但为小镇树立良好的品牌形象、集聚潜在的优质产业资源，也带来旅游产业的收益。

二是市场导向推动特色小镇可持续发展。产业定位确定之后，由谁主导开发建设和项目推进，是决定“小镇”成败的关键。从全国的经验看，小镇开发往往伴随着政府对基建的高度介入，当小镇不能引来足够的产业资本时，高负债支撑的政府投入则变成一种不可持续的行为，小镇的停滞乃至衰落也就不可避免。浙江在建设特色小镇的过程中，强调政府在项目开发、小镇建设方面的“无为”，在小镇每年的建设考核中，企业投资比例是一个硬性考核指标（低于70%即为不合格），通过考核指标的设定来限定政府投资的冲动。这种强调市场的建设机制使得特色小镇形成了企业投资、企业建设、企业获利的良性循环，避免出现投资建设热火朝天，企业经营冷冷清清的局面。

三是规划考核保障特色小镇“建得成、立得住”。“政府不越位”是保证特色小镇具有充分的市场活力的重要条件，而“政府不缺位”则是特色小镇建设的另一个必要条件。浙江采用“规划管进口、考核管出口”的方式，严格特色小镇的立项、审批和政策落实，从规划看，浙江特色小镇的建设落实到具体的项目、用地、资金投入；从考核看，小镇建设不但要落实各项项目，还要落实多项宏观经济、创新指标。严格的规划、考核管理，使浙江特色小镇在规划考核中优胜劣汰，真正建成一批“真投入、真产出、有活力、有特色”的特色小镇。

（2017年11月14日）

浙江经验之二

政府+企业+市场=特色小镇持续动力

11月的江南水乡，秋风送来凉意。走进杭州市富阳区，蜿蜒的富春江横贯其中，穿越千年的《富春山居图》历久弥新，已融入发展的潮流。江岸不远处，一个现代化的“硅谷小镇”正在崛起。

这是浙江省108个省级创建特色小镇之一。从2015年至今，仅两年时间，浙江省特色小镇建设快速推进，目前已形成“首批2个省级特色小镇、三批106个省级创建小镇、两批64个省级培育小镇”的建设发展格局。

特色小镇建设发展的“浙江速度”是怎样实现的？特色小镇建设该如何有效调动市场资源，防止沦为政府工程？如何通过科学的管理使小镇可持续运营？记者走访发现，科学的政策激励机制、坚持市场化导向以及严格的规划考核机制，是浙江特色小镇建设发展的重要“密码”。

政策激励形成创建合力

硅谷小镇位于富阳经济技术开发区北部，紧邻西湖区，是富阳接轨杭州的前沿地带。依托银湖新区富春山水的生态资源优势和杭州市智力密集优势，小镇突出生态、科研等特色，正成为杭州西部的信息经济发展集聚区。

“刚来的时候，地下停车库很空，现在车已停得满满的了。”作为早批进驻硅谷小镇的企业之一，多米广告的负责人陈武对小镇的变化深有感触。“这里以前招工比较困难，随着配套设施的完善，招引人才的问题慢慢得到解决。”陈武说。

2014年，在硅谷小镇招商引资的契机下，多米广告从北京搬至银湖创新中心。小镇信息化产业的集聚，推动该公司引入互联网+的技术和理念，实现从传统广告公司到互联网企业的转型发展。

改变源于政策激励。富阳经济技术开发区管委会经济发展局局长、银湖指挥部副总指挥邱国恒告诉记者，管委会为入驻企业提供了很多服务，如为企业办理相关证件提供帮助等。同时，小镇制定了很多优惠政策，“如企业达到一定的税收额度，可以减免租金、退税等，对创业者是很有吸引力的”。

在政策的推动下，不少初创企业快速成长为特色小镇的支柱企业。主攻安防监控及视频智能研发的雄迈科技就是其中之一。三年前，受困于城区发展局限的雄迈科技，从杭州市滨江区来到硅谷小镇，获得很好的发展空间。目前，该公司已发展成1500多人的集团，办公场所扩大到一整栋办公楼，年产值从入驻小镇前的约2亿元，增长至2016年的11.4亿元。为了满足发展需要，雄迈科技还在富阳区及广东东莞等地建立了生产基地。

“用地成本整体比较低，企业可以更好地发展。”雄迈科技董事长助理吴龙说，小镇的政策服务十分周到，包括税收、租金、土地等，基本实现“一企一策”。

目前，硅谷小镇累计入驻企业756家，其中高新企业9家，科技型中小企业23家，累计出租办公面积约30万平方米，常驻办公人员约6000人。

类似的优惠政策，在浙江的特色小镇十分普遍。如梦想小镇推出“创新券”服务，入驻企业每年可领取2万元额度的创新券，用于购买注册、申报、法务等中介服务。“这些优惠政策，基本上每个创业者都知道，这是很多地方都做不到的。”梦想小镇原质资本总经理吴宗方说，“政府还经常听取企业的意见，根据企业的需求，调整或出台更有效的激励政

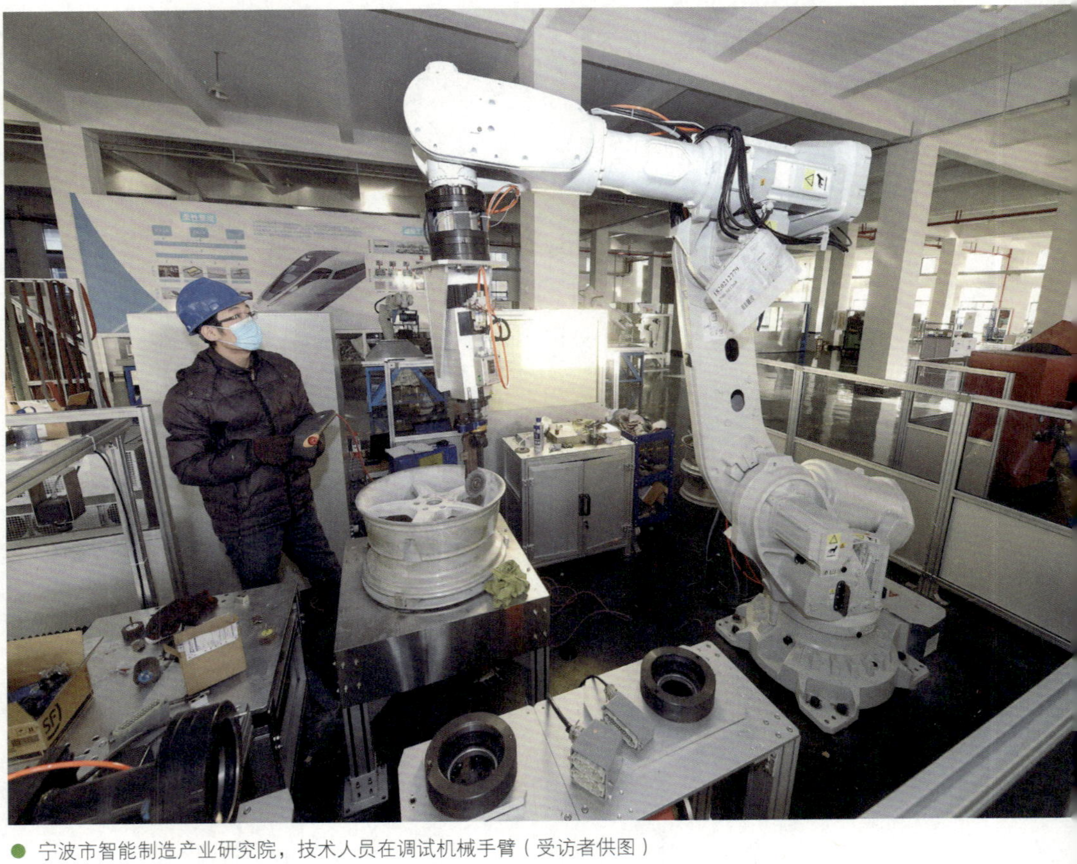

● 宁波市智能制造产业研究院，技术人员在调试机械手臂（受访者供图）

策。”

“出台精准有力的服务举措，为创新创业提供政策保障。”浙江省发展和改革委员会副主任翁建荣认为，浙江特色小镇之所以建设得快，离不开各级各部门的合力，省、市、县三级都把特色小镇作为“十三五”亮点工作来谋划，全力推进特色小镇规划建设工作。在此情况下，各级各部门相继出台支持力度大、含金量高的扶持政策，增强特色小镇建设发展的推动力。

从2015年启动特色小镇建设至今，仅两年时间，浙江就形成了“首批2个省级特色小镇、三批106个省级创建小镇、两批64个省级培育小镇”队伍，确定了3批共106个创建小镇；确定了首批共2个验收命名小镇，形成“培育一批、创建一批、验收一批”的推进格局。

“特色小镇根据实际情况来创建，不搞区域平衡。”翁建荣强调，浙江还通过“比学赶超”现场推进会、季度情况通报、在线交流等方式，使特色小镇建设呈现出“互学互比”“你追我赶”的良好态势。

企业为主体的市场化运作

每到秋冬季节，位于浙江省嘉兴市的海宁中国皮革城，人流物流开始涌动，皮革产业迎来一年的黄金期。

海宁中国皮革城是目前国内规模最大、最具影响力的皮革专业市场，目前建成以海宁为总部，辐射东北、华北、华东、川渝、湖广、新疆等地的连锁市场网络，经营企业11000多家，直接辐射人口近3亿，年交易额超过200亿元，客流量达1400多万人次。

依托深厚的产业基础，皮革城开启特色小镇建设之路。2015年6月，浙江省公布了第一批省级特色小镇创建名单，海宁皮革时尚小镇入围其中。

“皮革产业的缺陷是淡旺季明显。”海宁皮革城副董事长、总经理钱娟萍认为，目前，皮革市场已发生深刻变化，消费者的消费习惯和理念越来越个性化。因此，特色小镇为皮革产业突破发展瓶颈提供了一个很好的契机。

历经20多年发展，钱娟萍十分清楚，产业的活力主要来自市场。为了赢得市场，皮革城很早就注重设计研发，通过举办大赛、与高校合作等方式，吸引全国各地的设计师向这里会聚。目前，皮革城已有3000多名设计师，成为产业的核心竞争力。

海宁皮革时尚小镇的活力，也离不开市场。钱娟萍告诉记者，海宁皮革时尚小镇的建设主体是海宁中国皮革城股份有限公司，政府主要从引导和服务层面，参与小镇的规划，落实政策扶持。

按照规划，小镇将建立设计师创业梦工场、设计大师工作室、高级时装定制区、国际时尚发布中心等配套设施，完善产业链，推动产业转型升级。而在资金的投入上，主要以产业基金、金融机构资金和企业投资等市场资本为主。

如今，走入皮革城内，一个个风尚设计工作室已落地在环境优美的园区内，激发设计师们的灵感。海涛时尚创意设计有限公司的负责人孙海涛，曾在深圳服装行业工作，后回到海宁的学校教服装设计，再到市场开设计公司。一路走来，孙海涛最大的体会，就是创新对市场的重要意义。在他看来，特色小镇的发展，需要打造一个充满创新活力的市场体系，“让皮革城成为一个大脑，打造为创新而服务的生态系统”。

以企业为主体、市场为主导的模式，在浙江特色小镇的建设发展中已十分普遍。如袜艺小镇、红木小镇等，企业均承担着建设主体角色。又如梦想小镇，在政府的引导下，该镇通过政府基金运作，利用好5000万元天使梦想基金、1亿元天使引导基金、2亿元创业引导基金、2亿元创业贷风险池等，有效撬动社会资本。

截至2017年6月底，浙江前两批78个省级创建小镇累计完成投资2117亿元，入驻企业19250户。

“市场化机制是特色小镇的活力因子。”翁建荣指出，浙江特色小镇在建设上采取“政府引导、企业主体、市场运作”的机制，摒弃政府大包大揽。在此要求下，各地积极探索三种建设模式：一是企业主体、政府服务模式；二是政企合作、联动建设；三是政府建设、市场招商。

严进严管确保运营质量

2017年8月，一份关于浙江78个特色小镇的考核结果一经公布，就引起社会广泛关注。这份考核结果显示，有5个特色小镇被降格，有6个特色小镇被警告。

公开资料显示，因推进不力、建设滞后、创新乏力等问题，浙江11个特色小镇未通过考核。小镇所在地区的建设责任人，还被浙江省相关部门约谈。

开展特色小镇年度考核，是浙江省特色小镇的建设机制之一。“用创建制代替审批制，实施动态调整，彻底改变‘争个帽子睡大觉’的旧风气。”翁建荣表示。

事实上，浙江省的特色小镇在创建阶段，就在规划等层面实施“严进

● 红木小镇挖掘红木文化，建设彩虹桥等传统建筑，成为旅游景点（受访者供图）

● 余姚机器人小镇的机器人产业正在兴起（受访者供图）

严管”的措施，确保特色小镇建设的质量。

“如为什么我们在规划阶段，就要求特色小镇的面积控制在3平方公里左右？一是能做成；二是根据实际条件，对一个镇来说，用3—5年时间，可以充分调动现有资源，把这3平方公里发展好。”翁建荣说。

有惩罚，也有激励。多个特色小镇的相关负责人均提到，对如期完成年度规划目标任务的特色小镇，浙江省按实际使用建设用地指标的50%给予配套奖励，其中信息经济、环保、高端装备制造等特色小镇再加10%的奖励指标。不过，对3年内未达到规划目标任务的，则要加倍倒扣用地奖励指标。同时，特色小镇在创建期间及验收命名后，规划空间范围内的新增财政收入上交省财政部分，前3年全额返还，后2年返还一半给当地财政。

值得关注的是，为了避免特色小镇变相沦为政府单方面的工程，浙江省在考核管理层面，就对政府与市场的角色做出明确划分。如特色小镇三年内要投资30亿—50亿元（不含房地产和商贸综合体），其中政府投资不可超过30%，非政府投资要高于70%。

“浙江省特色小镇的建设，省一级层面是没有财政补助的，主要靠市场力量，自负盈亏。”翁建荣说，特色小镇建设不是政府的事，政府的角色是规划引导好，把基础设施配套好，把产业基金利用好。

实践证明，只有经过市场化的考验，特色小镇才有可持续的运营能力。

“过去，基础设施的投入，很多要靠租售物业等方式来回本。而特色小镇通过对创新创业的培育，给发展带来很大潜力。”吴宗方认为，新业态一旦培育成，可以创造出巨大的效益。如原质资本入驻梦想小镇后，引进了2000多个创业者，一年创造的税收有几千万元。“这里提供了很好的创新创业的土壤。”吴宗方说，近期，他还计划把一个产值一百多亿元规模的项目迁到梦想小镇来，让产业实现更高水平的发展。

数据统计显示，2017年1—6月，税费收入达130.6亿元，相当于2016年全年的81.3%。特色小镇经济已成为浙江省经济的新动能、新亮点、新板块。

（广东省社科院企业研究所副研究员严若谷、广东省社科院现代化研究所助理研究员谷雨对报道亦有贡献）

□ 汤凯锋　陈彧　曹嫒嫒

【专家点评】

发挥“有形之手”确保特色小镇战略落地

广东省社科院企业研究所副研究员　严若谷

发端于浙江的特色小镇，突破传统建制街镇的行政区划局限，以特色产业空间集聚区为发展单元，激发经济、文化、生态、社区乃至历史渊源等因素，形成叠加效应，实现“特而强”“聚而合”“小而美”，成为新常态下推动产业创新升级和新型城镇化发展的重要抓手。创新政府间治理关系、激发制度的“活与新”，是浙江特色小镇能够建设发展并取得成果的一个重要动力之源。通过优化政府内部权力结构和运作流程，浙江重点在汇聚政策合力、优化组织协调、降低制度成本、提高行政效能上做文章，有效推动特色小镇战略的落地。具体来说包括以下几个方面：

明确“一个目标”。为更好地发挥政府作用，浙江特色小镇建设首先在凝聚共识、明确方向上下功夫。从全局与长远的高度，整体谋划特色小镇的总体方向、建设原则、发展定位、阶段目标。通过出台全省特色小镇规划建设指导意见及相关激励考核指标体系，从方向性、全局性的角度，把特色小镇这一战略抓手植入政府的整体工作中推进，以特色小镇建设推动政府各级各部门的规范化、制度化，实现推进工作的系统协调性与组织关联性。

理顺“两个关系”。首先要理顺省级决策与地方执行的关系。省级政府注重顶层设计、规范考核以及相关培训引导，县（市、区）政府则结合广阔现实探索适宜于地区实际的创建路径，形成了部署自上而下，执行从下到上的工作格局；同时要理顺政府各职能部门之间的权责关系。特色小镇建设首先确定了总牵头部门和相关协助单位，通过特色小镇联席会议制度，明确了各成员单位的职责权限，形成了一套部门间的信息反馈与协调配合体系，切实达到横向部门协调顺畅，最大可能地避免结构性内耗。

形成“三个激活”。一是激活政策活力。通过各相关工作的提前谋划，将各部门过去的被动配合变为总目标下的积极找位，使得过去块块分割的各部门财政资金扶持等优惠政策自觉聚合到小镇建设抓手下，避免了政府各部门扶持政策“撒胡椒面”的被动局面，实现了财政资金的优化配置。二是激活要素活力。浙江特色小镇遵循经济要素集聚规律来设定行政管理范围，打破了以往行政区划界限这堵“看不见的墙”对经济联系的刚性约束。通过管委会等模式规避经济区域的行政分割，保障资源要素跨镇街流动、配置和整合，实现了行政区经济向经济区经济管理的转变。三是激活基层活力。特色小镇通过地方创建，省级考核的形式，减少治理层级，降低了沟通、协调以及监察监督成本，提高了行政效率；在特色小镇运营管理机构的设置方面，由县（市、区）政府根据各地小镇经济发展和城镇建设的实际来调整管理范围和管理力量，借助更灵活的组织形式，使小镇获得更强的经济活力。

当前，广东从供给侧结构性改革出发，着力培育特色小镇经济，应积极发挥其专业镇建设起步早、产业配套完善的自身优势，借力制度供给创新，提高政府间协同治理能力，盘活存量经济，加快发展动能转换，走出一条推动经济转型升级与深化政府治理改革相结合、既符合小镇发展规律又具有广东特色的特色小镇发展之路。

（2017年11月15日）

第五篇章
名家论道

广东省社会科学院院长王珺：特色小镇发展新经济须有“开放”精神

作为推进新型城镇化建设的重要抓手，特色小镇一头连着乡村，一头连着城市，是构建大中小城市和小城镇协调发展、实现乡村振兴的有效载体。

当前，广东省特色小镇建设氛围浓厚。2017年8月，全省首批36个特色小镇成为全省特色小镇创建示范点。根据省发展改革委、省科技厅、省住建厅联合印发的《关于加快特色小（城）镇建设的指导意见》，到2020年，广东将建成100个左右产业“特而强”、功能“聚而合”、形态“精而美”、机制“活而新”的省级特色小镇，成为新的经济增长点。

与传统的专业镇、建制镇相比，特色小镇有什么不同？广东特色小镇建设有何优势和特点？又该如何避免走入建设误区？针对公众关心的热点问题，广东社会科学院院长王珺接受了南方日报记者的专访。

王珺建议，特色小镇发展新经济，必须有“开放”的精神。要勇于接受新技术、新事物，强化对外交流，抢占新技术的制高点，融入全球分工、全球竞争的产业体系中。

特色小镇的概念更强调“特”

南方日报：在广东，我们已有专业镇、中心镇、历史文化名镇、互联网+小镇等等多种多样的“小镇概念”，那么，“特色小镇”应该“特”在哪里？与我们既有的小镇有何种区别和联系呢？

● 王珺

王珺：近期，发改委等国家四部委在《关于规范推进特色小镇和特色小城镇建设的若干意见》中，明确提出特色小镇的政策概念，即“特色小镇是在几平方公里土地上集聚特色产业、生产生活生态空间相融合、不同于行政建制镇和产业园区的创新创业平台”。与广东既有的各种“小镇政策”相比，特色小镇的政策概念强调与建制镇的区别，强调空间、功能上实现产城人融合。概括地说，特色小镇的概念更强调“特”。

从学理上看，特色小镇的本质是产业集群。从广东的经验看，特色小镇是广东产业集群（专业镇）发展到新时期分化趋势的产物。广东产业集群的分化趋势主要包括两个方面：一是产业集群的专业化。这形成了一类特色产业显著，文化、旅游、社区等其他功能居于辅助地位的特色小镇，以工业性的产业类特色小镇最为明显。二是产业集群的多样化。由于多样化存在多种因素，所以可能存在创新特征显著的特色小镇，也有文旅特征显著特色小镇，或其他类型的特色小镇。这种“多样化”使产业基础、发展阶段不同的地区均存在不同的发展机遇，可以结合自身实践，突出“特色”的功能定位，走出一条本土化的特色发展之路。

南方日报：我们该如何划分或识别不同类型的特色小镇？同时，特色小镇应该如何凸显自己的“特色”呢？

王珺：特色小镇的这种划分本质是产业集群的地理划分。自产业集群理论提出以来，集群边界的地理划定就是一个十分困难的问题。但在集群政策中，我们必须有一个政策抓手，从“块块”考虑，自然会将特色小镇划分在行政地域；从“条条”考虑，则会以产业特征来分辨特色小镇。

但是，落实到真实的发展实践中，多个产业集群在同一地理空间通常共荣共生，无法明确切割；产业集群在不同的历史时期也会扩张或萎缩，地理边界也处于变动状态。从广东的实践来看，经历多年的发展，广东集群已不仅仅是限定于乡镇地理范围的“专业镇”，可能是小范围的产业平台、产业园区，也可能是更大范围的特色城市、特色地区；从城市化的角度观察，部分产业集群地区也不再是城镇的面貌，而是典型的城市形态。所以，“特”才是分辨“特色小镇”的核心标准。

通常产业形成聚集以后，特色小镇就已存在发展的基础。未来的演变，即特色的形成则取决于发展机会、产业特性等等多种因素。特色小镇要综合考虑自身所处的产业链地位、技术层次、发展机遇与挑战，甚至考察适应产业发展的环境条件、文化条件，选择对自己有利的发展策略，才可能形成自己独特的优势。

广东专业镇在转型中形成“特色镇群”

南方日报：我们发现，广东有着不少传统产业和特色优势产业的主要集聚地，这些“专业镇”起步很早，走在全国之先。但为何在打造特色小镇上，尤其是相比起浙江、江苏等长三角地区，广东的步子看上去迈得并不快？在建设特色小镇上我们能否继续沿用“专业镇”的发展思路或者倚借专业镇已有的基础？

王珺：其实，并不是广东特色小镇的步子迈得不快，而是珠三角地区许多优势传统产业的“专业镇”走向了城市化和产业多样化的道路。一方面，珠三角地区快速的城市化使得10多年前许多仍被定义为乡镇的地区演变成典型的城市。比如佛山的狮山、东莞的长安，都是容纳数十万人口的城市地区。这种快速的城市化趋向使得广东大量专业镇传统密集区演变成“城市区”，与浙江模式的特色小镇的形态显著不同。另一方面，由于深圳、广州等大城市的影响，近年来，以东莞地区专业镇为主要代表，专业镇连续产业换代实现转型升级，原有的专业镇出现了多产业集群共居的现象，长安、虎门、厚街等许多专业镇都存在多个产值数十亿的集群。这使得传统专业镇的原有产业特征有所淡化，反而形成多元产业特征的产业集群。从另一个维度看，广东专业镇在实践中也形成了许多“特色小镇”“特色大镇”，甚至是“特色镇群”，比如开平塘口的碉楼旅游专业镇，比如以中山古镇为中心的中山西北—江门蓬江灯饰产业群。

特色小镇的政策与专业镇政策在理论逻辑、政策理念、执行主体、政策客体等方面都有所区别，特色小镇的建设工作在政策上需要考虑更多的因素。当然，在程序上，“定规划、建平台、立政策”的办法仍然可行。在选择政策客体时，专业镇、历史文化名镇、互联网+小镇等已有“特色”的工作基础，都可以作为特色小镇沿用的基础。具体到特色小镇，则应结合本地资源，以本土化的“特色”为核心打造产业平台、文化平台、创新平台，甚至依托互联网技术打造开放虚拟营商平台等，通过特色的打造形成新发展优势。

南方日报：广东省内珠三角地区和东西北经济发展不平衡，不能一概而论，那在打造特色小镇上该如何各有侧重地培育特色产业？在特色小镇创建过程中，政府、企业各自该扮演怎样的角色，发挥怎样的作用？

王珺：广东专业镇的布局呈现出工业镇主要集中于珠三角，农业镇主要分布于东西北等特征，这一方面反映了珠三角和东西北的产业层次，另一方面也反映了珠三角和东西北的不平衡。在珠三角，特别是珠三角核心地区，城市化趋势明显，且大量承接广深的产业转移和创新辐射，培育科技创新类或产业类的特色小镇可能更具有比较优势的条件；而东西北地区虽然也有一定的特色产业基础，但囿于资金、人才、产业基础等既有条件，以农业为基础，嫁接文化、旅游元素，发展文旅类特色小镇也许比较容易成功。当然，东西北地区部分产业集聚明显的地区，比如枫溪陶瓷、廉江小家电等已具有一定品牌特征的地区，则还应该考虑以自身产业特色为基础建设特色小镇。

特色小镇的发展本质是产业集群的一个发展过程，特色小镇的建设则应该是企业为主体的市场行为。在小镇起步过程中，政府可以模仿其他小镇的建设经验，以产业导向引导小镇的集聚和发展。但是，当小镇集聚形成以后，政府则应逐步退出小镇建设的主导地位，将产业发展功能交还给市场来决定，而政府则应聚焦于基础设施的改善、发展要素的引入和发展政策环境的优化。

特色和开放是“小镇”发展的法宝

南方日报：我们该如何避免“千镇一面”，找准小城镇的功能定位？另一方面，特色小镇甚至被寄予发展新经济的厚望，您怎么看待？

王珺：我们固然可以肯定特色小镇的建设初期采用模仿策略的有效性，但从长远来说，模仿策略必然是特色小镇建设陷入恶性竞争的“红海”，无法实现独具优势的可持续发展。特色小镇的形成，是通过企业、市场、政府的协同行动的“复杂系统”而达成的。因此，寻找特色小镇的产业定位，既要考虑到产业基础，也要考虑到外部产业资源输入的机遇和挑战，还应考虑到与周边地区产业的关联和竞争，甚至还要考虑到规划产业的产业趋势和技术趋势。从上述多种因素的考虑中选择小镇的特色可能更为精准，可能更少走弯路。

新经济是近年来大城市外围和周边地区转型升级的一个趋势。浙江的云栖小镇、东莞的孵化器经济都可以纳入这个范畴。我之前已经提到广东产业集群的分化趋势，其中一个趋势就是距离高创新地区较近的地区，大量接受创新辐射，承接新产业，孵化新经济增长点。所以，特色小镇中确实有一部分是可以发展新经济的。

特色小镇发展新经济，必须有“开放”精神。一是勇于接受新技术、新事物；二是强化对外交流，不要将未来孤立在旧的产业或经济模式上。新技术条件下，市场化的交流或交易必然会带来“特色”的分工，要抢占新技术制高点的前提就必须融入全球分工、全球竞争的产业体系中。

南方日报：如何让特色小镇吸引人才，留得住人才？

王珺：人才有位才有为。如果没有具有一定规模的产业创新需求，是难以吸引科技创新人才的。产业具有聚集的经济规律，人才这种科技资源也具有聚集的发展规律。居住条件、薪资条件是吸引人才的硬性条件，而信息环境、交流环境则是人才集聚的软性条件。从专业镇的经验看，起步的特色小镇不得不采用“不为所有但求所用”的人才策略，首先满足对本地创新需求的人才供给。其次产业提升的过程中加速城市化，缩小与中心城市公共服务、基础设施等方面的差距，通过一些优惠的人才政策引导人才向小镇流动。而你提到的房价可能阻止人口流入，固然是特色小镇建设中可能遇到的问题。但也要辩证地考虑这个问题。房价的本质是地租的反映。高地租的作用之一是阻止低端产业的进入或淘汰低端产业，而保留高附加值的产业；而高附加值的产业通常可能伴随着高层次的创新人才。当然，高地租与人才良性关系的逻辑必须在有高端产业存在这个前提下才能成立。如果不能引入高端产业，那么虚高房价则是对特色小镇建设的严峻威胁。

（广东省社科院现代化研究所助理研究员谷雨对此文亦有贡献）

□ 谢苗枫　孙国英

（2017年12月26日）

清华大学中国新型城镇化研究院执行副院长尹稚：广东特色小镇建设应因地制宜分类指导

当前，特色小镇建设成为促进新型城镇化的重要抓手。近期，受国家发改委委托，清华大学中国新型城镇化研究院赴广东考察惠州潼湖科技小镇等8个特色小镇（平台型）及顺德北滘镇等4个特色小城镇（建制镇）。

调研组发布的报告显示，广东省在特色小镇建设中，一方面借鉴浙江省在建设规模控制、财税土地政策激励等方面的成功经验，另一方面又结合广东实际，积极开展房企转型、政企协作、存量土地利用等探索，促进了区域经济转型升级，形成了具有一定特色的小镇建设模式。

广东特色小镇建设整体情况如何？未来应如何发展？2017年10月19日，清华大学建筑学院教授、清华大学中国新型城镇化研究院执行副院长尹稚接受南方日报记者专访，畅谈广东特色小镇发展情况及面临困境，并为广东特色小镇建设提供建设性的意见和建议。

广东顺势而为推进特色小镇建设

南方日报：当前，各地纷纷探索推进建设特色小镇。在推进新型城镇化的过程中，为何要把特色小镇建设作为重要抓手？

尹稚：之所以把特色小镇建设作为促进新型城镇化的重要抓手，起因是几个方面。中国是人口大国，需要大、中、小城市均衡发展。这些年来，我国大城市发展很快，农村地区由于资金人才资源外流，发展相对比较缓慢，促进城乡平衡发展是抓特色小镇建设的一个出发点。另外，中央2014年确立了“三个1亿人”的目标，其中一个“1亿人”就是就近就地城镇化，在这方面浙江率先做了一些实践，中央认为是可以推广的经验，开始在全国进行推广。

尹稚

需要注意的是，江浙一带有其自身的独特性，很多特色小镇不是一蹴而就、人为打造的，有些小城镇甚至可以追溯明末清初中国民族工业的崛起，是有常态的发展秩序。而特色小镇建设在全国全面推广后，部分地区出现一哄而起、层层加码的现象，引起国家的重视。

南方日报：从调研情况来看，广东特色小镇建设的整体情况如何？

尹稚：通过本次调研，我们认为，广东省在推进特色小镇建设过程中顺势而为，是比较理智和清醒的，广东出台的特色小镇建设指导文件中，对广东省社会经济发展阶段判断是正确的，如果相关规划和管理措施能够执行到位，就能够规避特色小镇建设的误区，当时调研组是给予了高度评价。

总体来看，广东省特色小镇建设可以分为三类。第一类是科技类特色小镇，主要是围绕大都会城市建立起来，比如惠州潼湖科技小镇。近些年，伴随深圳居住成本和公共服务成本的提高，创业成本大幅度拉升，再加上后备土地资源进入极度短缺的状态，这才有了高科技企业的溢出需求。在大都会附近几十公里至一百公里的第一溢出圈层，可以利用政策的优势、成本的洼地，吸引高端产业进入。

第二类是旅游小镇，主要分布在粤北山区。广东旅游特色小镇建设比较理性，他们清醒认识到，当地旅游资源价值不足以申请国际性标志或国家性标志。在这种情况下，他们没有疯狂圈地、盲目拔高，而是根据自身情况，将自己定位为应对当地市场周末的短期休假以及省内周转期度假型的旅游景区，稳步推进，扎实做好这一细分市场。

第三类是有传统优势的工业镇转化。广东省有不少实力非常雄厚的工业镇，这些镇无论在人口规模还是在经济发展水平上，都已经不是村和镇的形态，我认为这些建制镇不一定要放到特色小镇的范畴里，可以朝着扩权强镇的方向努力。

由政府定规矩　充分利用市场力量

南方日报：您的团队调研了全国多个省份的特色小镇，从团队调研的情况来看，特色小镇建设需要注意哪些问题？

尹稚：在我们调研的过程中，有三个问题值得注意。一是随着我们对城市治理进一步法制化，对土地资源释放从粗放、高速逐步走向有序、慎重，很多传统房地产企业在城市获取后备土地资源日益困难的情况下，转而对特色小镇“下手”，到农村地区圈地，特别是离大城市比较近的、有巨大的地产升值价值的地区，这种现象逐渐开始显现。

二是旅游小镇泛滥。和其他类型特色小镇相比，旅游小镇资源依赖性较强，需要有非常独特的自然资源、明确的客户群定位，才能把旅游业作为特色小镇的核心抓手和产业支撑，所以并不是所有地方都可以搞旅游小镇。调研过程中，我们发现，很多地方为了打造旅游型的特色小镇，带有很多的选点盲目性，出现了拆旧建新、大规模搞仿古一条街的局面。

三是急功近利。在特色小镇建设过程中，地方政府用行政命令下达任务，比如中央要求五年干完，到省里要求三年完成，市里要求两年见效，这明显违背了正常的城镇建设规律。并不是物质条件创造好了，就能一夜间把农民变成市民，就可以成为正常的社区了，成熟的特色小镇打造必然是一个渐进的长期的过程。

南方日报：我们观察到，目前社会资本在特色小镇建设方面表现出很高的热情。民间资本如何有序参与特色小镇的建设和运营？

尹稚：从广东情况来看，社会资本在科技类特色小镇主要是搭平台，吸引高科技企业入驻，更多社会资本是在旅游类特色小镇或围绕其他第三产业聚集的特色小镇里比较活跃。目前，广东对这类社会资本进入有明确的政策，其中最重要的亮点在于，这些政策都不是仅为特色小镇而设置，而是打出跨部门的政策组合拳，把特色小镇与农地增减挂钩，与精准扶贫、转移农村劳动力等政策进行组合，将其综合优惠政策集中释放在特色小镇这个支撑点上，并最终惠及实际投资人。

需要注意的是，特色小镇不是公益项目，而是实打实的产业，政府没必要为企业“全包”，这是广东在特色小镇建设上比较鲜明的特点——那就是政府定规矩、充分利用市场力量，而不是大包大揽盲目砸财政资金，这可以有效避免特色小镇建设的盲目性。

需还清公共服务配套“欠账”

南方日报：广东特色小镇建设在培育新兴产业、促进专业镇转型升级等方面取得了一定成效，但受到传统模式等影响，还面临诸多困难。应该如何突破这些难题？

尹稚：传统专业镇在长期发展中注重服务于制造业发展，公共服务配套欠账较多，而存量用地改造建设成本高，用于公共服务和公共空间建设的难度较大，是未来发展的一个重要制约因素。

突破这些制约，一是要大规模注入科技力量，提高传统产业R&D（研究与发展）的投入。这是广东传统工业镇的不足，以前依靠低成本、低价格的模式已经没有优势了，迫切需要实现产业升级。

二是需要提高公共服务和支撑能力。这些专业镇当初依靠传统工业吸引来的外来务工人员，流动性高、季节性强，在针对这类人群的公共服务和支撑能力存在缺陷，无法满足他们长期定居、实现代际更替的需求，更无法满足特色小镇对高端人才的吸引。

三是需要提高镇区现代城市规划治理理念。过去，这些专业镇无论是土地功能布局，还是市政工程配套，都不是体系化的，而是自组织增长的产物，没有形成城市级别的支撑能力。对整个镇区，需要思考如何从一个传统农村办工业的模式，转向真正城市政府综合治理的模式。

南方日报：有舆论担心特色小镇建设会变成房地产企业圈地热。您觉得该如何避免这种情况发生？

尹稚：特色小镇建设避免房地产化，关键在于要有明确的目的和定位。我们在调研中也看到，不少特色小镇建设房地产先行，挺大的社区晚上只亮几盏灯，甚至出现用地方财政补贴房价的现象，这是极不正常的，既没有实现就业的有效转移，也没有实现居住形态的有效转移，地方还要面临很残酷的新一轮去库存压力。因此，特色小镇要用来干什么、在整个生产力格局及劳动力转移过程中起到什么样的作用、希望稳定住哪类人群等问题，都应在建设初期就有着明确的规划。

广东实行的是明显的差异化政策，既不会跑到粤北山区建设科技小镇，更不会在深圳周围建设旅游小镇，归根结底，源自广东对各个特色小镇定位的明确认识，并做到了分类指导、因地施策。

南方日报：当前，广东公布了30个特色小镇建设示范点。您对广东特色小镇的建设还有什么意见和建议？

尹稚：我认为，在特色小镇建设方面，广东省已经有了很清晰的计划，从目前的计划、标准制定和配套政策来看，都是相对比较成熟的，现在需要做的就是“一张蓝图干到底”，坚定不移执行5—10年，坚定不移走“因地施策、分类指导”的道路，如果其间不发生重大偏差，广东省特色小镇建设应该能见到成效。

□ 赵晓娜　汤凯锋

（2017年12月26日）

乡村振兴与新型城镇化论坛

实现乡村振兴尚须破解体制机制障碍

2018年1月19日，由南方报业传媒集团、广东省社会科学院联合主办，南方日报社、中共广州市从化区委宣传部承办的“乡村振兴与新型城镇化论坛”在广州从化召开。来自中国社会科学院、国家发改委城市和小城镇改革发展中心以及广东省社会科学院等科研院所和高校的专家们齐聚一堂，共同探讨乡村振兴与新型城镇化发展中面临的难题以及破解之策。

南方报业传媒集团总编辑黄常开表示，以特色小镇建设为抓手，推动新型城镇化迈向更高水平，是破解发展不平衡不充分问题、振兴乡村的重要路径，也是广东在新时代继续创新发展、稳步走向全面小康的发展要求。不少专家提出，未来广东要实现乡村的全面振兴，需要破解各种体制机制的障碍，并结合粤港澳大湾区建设，通过开放合作的特色小镇建设去找到一个着力点。

谈现状·以特色小镇建设促进城镇化发展

论坛上，广东省委农村工作办公室副主任刘洪盛介绍了广东城镇化发展的基本情况。刘洪盛说，1978年时广东的城镇化率仅有16.29%，在改革开放初期，广东的城镇化水平一度较为落后，直到1994年才超过全国平均水平，之后发展非常迅速。到2016年，广东的城镇化率已经达到69.2%，比全国平均水平高出近12个百分点。

党的十八大以来，在创新驱动发展战略、供给侧结构性改革、振兴实体经济、生态文明建设等政策的引领下，广东一批特色镇更是借助政策东风，落实改革发展理念，在转型升级中脱颖而出，成为全国特色小镇。目前广东特色小镇建设情况如何？这是与会领导、专家关注的焦点。

从化区委书记庄悦群于论坛上分享了目前从化特色小镇的情况。庄悦群说，伴随着中国城镇化的进程，从化过去这些年的变化很大，2016年初，从化围绕“农业强、农村美、农民富”的发展目标，正式启动10个特色小镇规划建设工作。到目前为止，从化首批5个特色小镇已经初步建成并投入运营。其中，莲麻小镇2016年实现集体收入和村民人均收入分别增长49.2%和36.8%。

“在这么多年的发展过程中，专业镇建设极大提高了广东省的城镇化水平，也让全省城镇化率领先于全国。”广东省委党校经济学部副主任岳芳敏认为，如今的特色小镇与专业镇实际上有一些地方是相同的，或者从本质上来说是一致的，都将进一步带动城镇化发展。

代表广东省社科院做主题发言的广东省社科院宏观经济研究所所长陈再齐表示，广东的特色小镇特点很鲜明，而且非常多元，既有产业型小镇，也有文旅型小镇等。产业型小镇中大多为专业镇，目前广东400多个专业镇中，从产业角度来说每个镇都有它的特色。根据目前广东省专业镇的发展情况，陈再齐将未来广东特色小镇的发展分为三大趋向，分别是小镇城镇化、跨行政边界的专业群、多元化镇区集群。

一方面，目前广东已经有一些经济规模接近500亿元的镇，相当于内地一个中小城市，公共服务配套也已经接近城市水平，未来将会有更多小镇走向城镇化。另一方面，珠三角很多产业集群其实已经跨越了行政边界，比如佛山北滘、容桂和中山南头、黄圃组成的家电制造集群，将是很多支柱产业发展趋势。最后很多镇区集群的产业在不断进行转型和升级，也将形成一个多元化的趋势。

谈困境·城乡发展不平衡问题亟待破局

围绕乡村建设难点，众多专家进行了详细讨论。

刘洪盛认为，虽然目前广东城镇化水平发展迅速，但是城乡发展的不平衡以及农村发展不充分的问题依然突出。刘洪盛以一组数据举例说，目前粤东西北12个市的人均GDP均低于全国平均水平，而全省农村居民人均收入超过2万元以上的地市只有5个，且这5个都是珠三角的城市。

刘洪盛分析，目前广东的农村规划建设、基础设施建设、人居环境、基本公共服务的完善、乡村文化的传承发展、乡村治理体系的构建和乡村人才队伍以及新型农民队伍建设都比较滞后，制约着发展。

庄悦群也提及，当前从化乡村发展还面临部分难题。“主要是农村公共服务和基础设施配套还不够完备，现代化农业产业体系、生产体系和运营体系还不够健全，乡村治理体系还不够完善等。”庄悦群说，这些问题日益成为从化决胜全面建成小康社会、加快实现乡村振兴的建设瓶颈，亟待加快破解。

华南农业大学公共管理学院院长张玉认为，传统乡村治理过程中有三大倾向，一是经济发展倾向，二是行政治理倾向，三是村民希望流向城市的倾向，这三种倾向为乡村发展埋下隐患。“实现乡村振兴战略必须实现产业经济、公共服务、文化资源和村民共同参与，从而形成家园型乡村经济社会。”张玉说。

如何破解乡村发展难题？会上，众多专家进行了讨论。中国社会科学院农村发展研究所研究员党国英提出，乡村振兴应遵循十条发展规律，建设美丽乡村一定不能齐头并进。国外的“三产融合”经验实际上为乡村的发展亮出警灯，“乡村旅游规模化经营如果上不去的话，就难以提高经济效益”。

广东如何通过特色小镇的建设，解决目前城乡发展的不平衡问题，很多专家也进行了深入探讨。“乡村振兴不是仅仅把人留在农村。”国家发改委城市和小城镇改革发展中心政策研究院副院长范毅说，未来农村要发展，不要把乡村建成高楼大厦，而是要维持乡村特色。

范毅认为，部分地区将特色小镇等同于特色镇，是存在误区的。“如果只有产业就是园区，如果只有旅游就是旅游区。”范毅认为，特色小镇应涵盖多功能，需要有人口居住，有支撑产业以及配套服务等。

中山大学地球环境与地球资源研究中心主任周永章认为，当前特色小镇的建设存在着规划与投融资建设脱节的问题。“短期与长期的发展缺乏协调，在区域定位里也存在着雷同现象。”周永章说。

谈未来·紧抓大湾区带来的开放合作机遇

党的十九大报告提出，实施乡村振兴战略，要按照产业兴旺、生态宜居、乡风文明、治理有效、生活富裕的总要求，加快推进农业农村现代化。这为乡村发展指明了道路。刘洪盛认为，要实现乡村的全面振兴，需要在真落实上下功夫，需要破解各种体制机制的障碍，解决推进实施中面临的各种难题。

作为全国在建设特色小镇方面走在前列的浙江省，为国内特色小镇发展和实践模式提供了很多生动鲜活的案例。浙江省发展和改革研究所副所长费潇在会上分享了浙江建设特色小镇的成功经验，以及在体制机制上的一些突破。

“特色小镇不是传统的开发区，也不是景区，这是我们抓得最牢的一点。”费潇说，浙江特色小镇建设中最值得分享的经验：一是浙江把产业发展和城乡环境整治、农村居民收入的提升融合在一起，打造产城人文充分融合、宜居宜业宜游的小镇；二是注重创新驱动模式，由政府投入特色小镇产融联动发展基金，从引导企业发展的角度出发，优化创新发展指标设置；三是严控质量关，浙江制定了《特色小镇评定规范》，在准入和考核上有严格的标准。

华东师范大学城市与区域规划研究院院长曾刚认为，未来特色小镇建设离不开开放合作。曾刚曾对国内各地的特色小镇进行调查，发现一个建设得比较成功的特色小镇，离不开对我国传统特色文化中生产要素、生活要素的充分挖掘，以及引入社会的投资资本，尤其是依托跨国公司总部外迁的机遇。

目前广东乡村发展进入一个新时期，国家提出的建设粤港澳大湾区和乡村振兴战略之后，无疑也将为省内开放合作的特色小镇提供更多资源和机遇。广东省中国特色社会主义理论体系研究中心副秘书长刘伟认为，大湾区发展对生态、生活的转变提出一系列新要求，乡村振兴在农村发展中寻找新的增长动力，最终两大战略正好在特色小镇建设上形成一个聚焦点。

刘伟分析，借鉴东京湾的发展，广东可能会形成一个由大量特色小镇形成的一条“珍珠链”，为整个大湾区数千万人口的生活提质提供充分的空间。粤港澳大湾区建设有它的时代特征，而这些坐落于大都市群中间的小镇，则有着非常丰富的文化内涵，去承载城市文明和乡村文明的融合。

“大湾区时代乡村振兴面临新的变化，就是需要动能再塑，而且必然是一种开放的动能。”刘伟说。港澳融合进来的时候，会为珠三角乡镇发展注入国际化的元素，这些乡镇的发展和港澳元素结合以后，能够成为广东新的国际交流名片。

□ 陈彧　曹媛媛　邓强　徐勉　李业珅　欧楚欣　吴扬

（2018年1月23日）